CÉSAR VALLEJO

TUNGSTÊNIO

CÉSAR VALLEJO

TUNGSTÊNIO

ROMANCE

Tradução, posfácio e notas
Jorge Henrique Bastos

ILUMINURAS

Capa e *Projeto gráfico*
Eder Cardoso/ Iluminuras
sobre ilustração feita pelo autor para a primeira edição
publicada pela Cenit, Espanha, 1931 [modificada digitalmente].

Revisão
Monika Vibeskaia

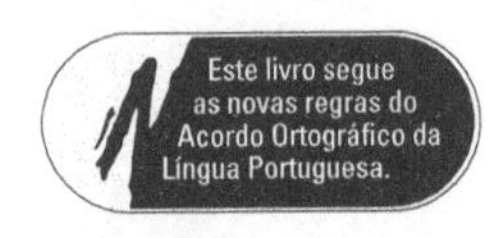

CIP-BRASIL. CATALOGAÇÃO NA PUBLICAÇÃO
SINDICATO NACIONAL DOS EDITORES DE LIVROS, RJ
V273t

Vallejo, César, 1892-1938
Tungstênio : romance / César Vallejo ; tradução, posfácio e notas
Jorge Henrique Bastos. - 1. ed. - São Paulo : Iluminuras, 2021.
168 p. ; 21 cm.

Tradução de: El tungsteno
ISBN 978-6-555-19078-6

1. Romance peruano. I. Bastos, Jorge Henrique. II. Título.

21-69201 CDD: 868.99353
CDU: 82-31(85)

2021
EDITORA ILUMINURAS LTDA.
Rua Inácio Pereira da Rocha, 389
05432-011 - São Paulo - SP - Brasil
Tel. / Fax: 55 11 3031-6161
iluminuras@iluminuras.com.br
www.iluminuras.com.br

SUMÁRIO

TUNGSTÊNIO, 7

O REALISMO TRÁGICO DE CÉSAR VALLEJO, 153
Jorge Henrique Bastos

BREVE BIOGRAFIA, 163

CONSIDERAÇÕES SOBRE O AUTOR, 165

TUNGSTÊNIO

I

Proprietária das minas de tungstênio de Quivilca, a empresa norte-americana *Mining Society*, de Cusco, e a gerência de Nova Iorque, decidiram começar de imediato a exploração do mineral.

Uma avalanche de trabalhadores e empregados saiu de Colca e de outras paragens, rumo às minas. A esta avalanche se seguiram outras, todas contratadas para a ocupação e os trabalhos nas minas. O fato de não se encontrar mão de obra necessária nos arredores e comarcas vizinhos das jazidas, tampouco nas quinze léguas em redor, obrigou a empresa a trazer de aldeias e povoações rurais uma enorme horda de índios, destinada ao trabalho nas minas.

O dinheiro começou a circular muito rápido e com abundância em Colca, capital da província onde se situavam as minas. As transações comerciais atingiram proporções nunca vistas. Em todos os lados, nos bares e mercados, nas ruas e nas praças, pessoas faziam compras e operações econômicas. Muitas propriedades urbanas e rurais trocavam de donos, os cartórios e os tribunais ferviam constantemente. Os dólares da *Mining Society* injetaram no cotidiano provinciano, antes tão afável, um movimento extraordinário.

Todos estavam diferentes. Até a maneira de andar, antes lenta e arrastada, se tornou ligeira e agitada. Os homens caminhavam vestidos de verde, botas com polainas e calças de montar; falavam sobre dólares, documentos, cheques, selos fiscais, minutas, cancelamentos, tonelagem, ferramentas, mas tudo sob um tom de voz distinto. As jovens dos arredores passeavam para vê-los, uma doce inquietação as faziam estremecer, imaginando os minerais remotos, cujo encanto exótico as atraíam de modo irresistível. Sorriam, enrubesciam e perguntavam:

— Você vai para Quivilca[1]?

— Sim, amanhã cedo.

— Vai ficar rico nas minas!

Assim nasciam os idílios e as paixões, que iriam logo se aninhar nas abóbadas sombrias de veios fabulosos. Com o primeiro lote de operários e mineiros, chegaram em Quivilca os gerentes, diretores e executivos. De início, vieram *mister* Taik e *mister* Weiss, gerente e subgerente da *Mining Society*; o contador da empresa, Javier Machuca; o engenheiro peruano Baldomero Rubio, o comerciante José Marino, que detinha a exclusividade de explorar o empório e a contratação dos operários para a *Mining Society*. O comissário Baldazari, e o agrimensor Leônidas

[1] Vallejo altera o nome de uma cidade real, Quiruvilca, um dos oito distritos que compõem a província de Santiago de Chuco, norte do Peru, onde o poeta nasceu. Existem empresas estrangeiras, até hoje, que exploram as riquezas minerais da região (NT).

Benites, ajudante de Rubio, que trouxera a mulher e os dois filhos pequenos. Nenhum parente acompanhou Marino, senão um sobrinho de dez anos, em quem batia com frequência. Os outros não levaram as famílias.

O local em que se instalaram era uma encosta despovoada da vertente oriental dos Andes, diante da região dos bosques. Encontraram aí, como único sinal de vida humana, uma pequena cabana de indígenas, os soras.

Muitos esforços arriscados foram feitos para poder estabelecer em definitivo, de maneira normal, a vida naquelas *punas*[2] e o trabalho nas minas. A ausência de vias de comunicação entre as cidades mais desenvolvidas, com as quais aquela localidade se contatava apenas por uma rota abrupta típica de lhamas, tornou-se, no início, um obstáculo quase invencível. O trabalho foi suspenso várias vezes por falta de ferramentas, não poucas pela fome e as intempéries, que submetiam as pessoas à ação violenta de um clima frio e implacável.

Os soras, em quem os mineiros encontraram todo apoio, a sincera e jovial brandura, exerceram ali uma importância que adquiriu grandes proporções. Em mais de uma ocasião o empreendimento poderia ter fracassado se não houvesse a intervenção oportuna. Quando os víveres acabavam, ou não chegavam de Colca, os Soras cediam seus grãos, artefatos e serviços pessoais, sem taxa nem reserva, e, o mais importante,

[2] Punas, caminhos da cordilheira dos Andes (N.T.)

sem qualquer remuneração. Contentavam-se a viver em harmonia e amizade desinteressada com os mineiros, os quais eram observados pelos Soras com curiosidade infantil, na agitação do dia ou à noite, manuseando sistematicamente aparelhos fantásticos e misteriosos. Por seu lado, a *Mining Society* não precisou, no início, da mão de obra que os Soras poderiam lhes prestar no trabalho das minas. Tinham trazido de Colca e de outros locais uma multidão de gente que bastava. A esse respeito a *Mining Society* deixou-os tranquilos, até o dia em que as minas exigissem mais força de trabalho e homens. Quando seria esse dia? Agora os soras viviam alheios aos trabalhos nas minas.

— Por que faz sempre isso? — perguntou um sora ao operário responsável pela manutenção dos guindastes.

— É para extrair os resíduos minerais.

— E pra quê tirar resíduos?

— Pra limpar os veios e deixar livre o metal.

— E o que fazem com o metal?

— Não gosta de dinheiro? Que índio tão burro!

O sora observou o mineiro sorrindo e fez o mesmo, quase automaticamente, sem motivo. Continuou a observá-lo o dia inteiro e durante muitos dias, interessado em ver como acabava aquele trabalho com os pequenos guindastes. Noutro dia, o sora perguntou ao operário, em cuja face escorria o suor:

— Já tem dinheiro? O que é dinheiro?

O operário respondeu de maneira paternal, mexendo no bolso da sua blusa:

— Isto é dinheiro, vê bem, isto. Está ouvindo?...

Disse o operário, tirando várias moedas de níquel. O sora olhou como alguém que não entendia nada:

— E o que faz com o dinheiro?

— Compra-se o que quiser. Como és burro!

E o sora foi embora aos saltos e assoviando.

Noutra ocasião, um dos soras que contemplava absorto um operário martelando a forja, como que enfeitiçado, começou a rir de maneira folgazã. O ferreiro lhe disse:

— Está rindo do quê? Quer trabalhar comigo?

— Sim, quero fazer isso.

— Não, não sabe como é, homem! É muito difícil.

Mas o sora insistiu em trabalhar na forja. Por fim, deixaram que trabalhasse ali quatro dias seguidos, chegando a prestar uma ajuda efetiva aos trabalhadores. No quinto, à volta do meio-dia, o sora pôs repentinamente de lado um dos lingotes e foi embora.

— Ouve — falaram com ele — por que está indo embora? Continua trabalhando.

— Não — disse o sora —. Não quero mais.

— Mas vão te pagar, vai ganhar pelo teu trabalho.

— Não, não quero mais.

Dias depois, viram o mesmo sora lavando uma peneira em que uma jovem joeirava o trigo. Em seguida, se ofereceu para levar a ponta de uma corda até a extremidade de um túnel. Mais tarde, quando começaram a carregar o mineral da mina para a oficina de experimentos, o mesmo sora transportou padiolas. O comerciante Marino, que contratava trabalhadores, lhe disse um dia:

— Estou vendo que está trabalhando. Muito bem, *cholito*[3], muito bem. Quer que te "ajude"? Quanto quer?

O sora não entendia essas frases, "ajuda", nem "quanto quer". Só queria se mexer, trabalhar e se entreter, nada mais. Eles não paravam quietos. Iam e vinham alegres pelos campos, semeando no *aporque*[4], ou onde havia vicunhas e guanacos selvagens, trepando rochas e precipícios, num movimento incessante e desinteressado. Não tinham sentido algum de utilidade. Sem cálculo ou preocupação sobre qualquer resultado econômico dos seus atos, pareciam viver a vida como um jogo expansivo e generoso.

Demonstravam tanta confiança nos outros, que chegava a causar lástima. Desconheciam a operação de compra e venda. E aconteciam cenas divertidas a esse respeito.

[3] Diminutivo de *cholo*, termo genérico usado em vários países da América Latina, referindo-se aos mestiços com indícios indígenas e brancos.

[4] A disposição de terra ao pé das plantas para lhes dar mais consistência, ajudar no crescimento de novas raízes, assegurando a nutrição mais completa da planta, conservando sua umidade. O termo é típico de alguns países da América Latina como o Peru e Honduras.

— Me vende uma lhama pra fazer charque.[5]

O animal era entregue sem cobrar qualquer valor. Às vezes, recebiam pela lhama uma ou duas moedas, que davam ao primeiro que vissem, sem a menor solicitude.

***

Após a povoação mineira ter se instalado na comarca, empregados e trabalhadores começaram a prestar atenção à necessidade de se rodearem dos elementos cotidianos que, com exceção dos que vinham de fora, poderiam lhes oferecer o lugar, assim como animais de trabalho, lhamas para fornecer carne, grãos alimentícios, entre outros. Mas era preciso levar a cabo um paciente trabalho de exploração e desmonte nas terras baldias, para transformá-las em terrenos aráveis e férteis.

O primeiro a explorar as terras, com intuito de não só obter os produtos para sua própria subsistência, mas enriquecer à base da criação e do cultivo, foi o dono do empório e contratante exclusivo de trabalhadores de Quivilca, José Marino. Para este fim, formou uma sociedade secreta com o engenheiro Rubio e o agrimensor Benites. Marino tomou para seu cargo a gerência da sociedade, já que ele, a partir do empório, poderia articular o negócio com facilidade e vantagens

[5] Do quéchua *ch'arqui*, processo de desidratação da carne, coberta com sal e exposta ao sol, semelhante ao que se faz em algumas regiões do Brasil.

especiais. Além do mais, Marino possuía um senso econômico extraordinário. Gordo e baixo, de caráter ardiloso e muito avaro, o comerciante sabia envolver as pessoas em seus negócios, como a raposa às galinhas. Por outro lado, Baldomero Rubio era calmo, pese o seu perfil alto, os ombros um pouco encurvados, que lhe imprimiam o ar sombrio de um condor na emboscada de um cordeiro. Quanto a Leônidas Benites, não passava de um estudante esquivo da Escola de Engenharia de Lima, frágil e escrupuloso, qualidades completamente nulas e até contraproducentes em matéria comercial.

Desde o primeiro instante, José Marino ambicionou logo os terrenos já cultivados dos soras e resolveu se apoderar deles. Embora tenha enfrentado uma competição cerrada com Machuca, Baldazari e outros, que também começaram a cobiçar os bens dos indígenas. O comerciante Marino saiu ganhando. Neste caso, as armas que lhe ajudaram foram o empório e o seu excepcional cinismo.

Os soras eram seduzidos por coisas diferentes, para as suas cabeças toscas e selvagens, que viam no empório: panos coloridos, garrafas pitorescas, pacotes policromos, fósforos, caramelos, vasos brilhantes, copos transparentes, etc. Os Soras se sentiam atraídos pelo empório, como os insetos pela luz. José Marino fez o resto com a sua malícia de agiota.

— Me vende o terreno ao lado da tua choça — lhes disse um dia no empório, aproveitando o fascínio que os soras tinham por suas coisas.

— O que diz, *taita*[6]?

A venda, melhor dizendo, a troca, foi realizada. Como pagamento pelo valor do terreno, José Marino deu ao sora uma pequena garrafa azul com flores.

— Cuidado para não quebrar! — disse-lhe paternalmente Marino.

Depois ensinou-o como devia transportar a garrafa, com muito cuidado para não se despedaçar. O índio, rodeado por dois soras, levou o recipiente com cuidado para a sua choça, passo a passo, como uma custódia sagrada. Percorreram a distância — que era de um quilômetro — em duas horas e meia. As pessoas saíam para vê-los e morriam de rir.

O sora não percebeu se a operação de trocar o seu terreno por uma garrafa era justa ou injusta. Sabia que Marino queria o seu terreno e cedeu-o. A outra parte da operação — o recebimento da garrafa — o sora imaginava como separada e independente da primeira. O sora gostou do objeto e acreditava que Marino o cedera, apenas porque ele gostou da garrafa.

Dessa maneira, o comerciante continuou a se apropriar dos terrenos cultivados dos soras, que eles cediam

[6] Forma carinhosa de "papai".

em troca de pequenos objetos burlescos do empório, com toda inocência imaginável, como crianças que ignoram seus atos.

Os índios, enquanto se desfaziam de seus bens e dos seus animais em favor de Marino, Machuca, Baldazari, e outros empregados da *Mining Society*, não paravam de se envolver com a vasta natureza virgem, saltando pelas *punas*, os baixios, pela espessura dos alcantilados, novos oásis que aravam com outros animais para amansar e criar. O despojo dos seus interesses não parecia lhes infligir o mais remoto prejuízo. Pelo contrário, era a oportunidade de se mostrarem mais expansivos e dinâmicos, já que sua mobilidade inata encontrava assim o mais jubiloso e efetivo emprego. A consciência econômica deles era simples: enquanto pudessem trabalhar e tivessem onde trabalhar, obtendo o justo e necessário para viver, o resto não lhes importava. Somente quando lhes faltasse onde e como trabalhar para subsistir, é que abririam então mais os olhos e combateriam quem os explorava numa resistência seguramente feroz. A sua luta contra os mineiros seria entre a vida ou a morte. Quando chegaria esse dia? No momento, os soras viviam numa espécie de permanente retirada ante a invasão, astuta e irresistível, de Marino e companhia.

Por outro lado, os trabalhadores censuravam os roubos que praticavam contra os soras, com dor e piedade.

— Que falta de consideração! — exclamavam os trabalhadores, se benzendo — Tirar seus terrenos cultivados e até suas choças! E expulsá-los daquilo que lhes pertence, que pilhagem!

Alguns trabalhadores observavam:

— Mas os próprios soras têm culpa. São uns tontos. Se lhes oferecem um preço, tudo bem; se não lhes dão, também. Se lhes pedem seus terrenos, riem como se fosse piada e os oferecem na hora. São uns bichos, uns estúpidos! É a paga do seu destino!... Que se lixem!

Os trabalhadores viam os soras como se fossem loucos, ou estivessem fora da realidade. Uma velha, a mãe de um carvoeiro, puxou um sora pela gola, repetindo chateada:

— Ouve, animal! Por que dás as tuas coisas? Não custaram nada? Já está rindo?... Não vê, está rindo...

A senhora ficou corada de ira, por pouco não lhe deu um puxão de orelhas. A resposta do sora foi lhe trazer uma porção de *ollucos*[7], que a velha recusou dizendo:

— Não quero nada. Leva tuas plantas!

Em seguida, sentiu um repentino arrependimento, vendo que as plantas eram para ela e olhou o sora com um olhar pleno de ternura e remissão.

Noutra ocasião, a mulher de um pedreiro chorou ao vê-los tão desprendidos e sem noção de cálculo e malícia.

[7] Planta típica da região andina.

Comprara-lhes várias abóboras já colhidas, pelas quais, em vez de lhes dar o valor prometido, disse no último momento, colocando na mão do sora algumas moedas:

— Toma quatro *reales*. Não tenho mais. Quer?

— Bom, mama — disse o sora.

Mas como a mulher ia precisar de dinheiro para os remédios do seu marido, que tinha estourado a mão com uma dinamite nas minas, viu que poderia tirar dos quatro *reales* algo mais para ela e lhe repetiu suplicante:

— Melhor ficar só com três. Preciso de um.

— Bom, mama.

A pobre mulher entendeu que podia tirar mais um real. Abriu a mão do sora e tirou outra moeda, dizendo-lhe, vacilante e temerosa:

— Melhor ficar com dois *reales*. Outro dia te dou os outros.

— Bom, mama — o sora repetiu impassível.

Foi então que a mulher baixou os olhos, enternecida com o gesto de bondade inocente do sora. Apertou na mão os dois *reales* que serviriam para o remédio do marido, sentindo uma desconhecida e entranhável emoção, que a fez chorar a tarde inteira.

***

Mister Taik e Weiss, o engenheiro Rubio, o contador Machuca, o comissário Baldezari e o preceptor

Zavala, que acabara de chegar para assumir a escola, reuniam-se após o trabalho no empório de José Marino, para conversar e beber conhaque, todos bem vestidos com roupas grossas e couros contra o frio. Às vezes, Leônidas Benites também aparecia, mas quase não bebia, se retirava cedo. Jogavam dados, também, se fosse domingo, havia bebedeira, tiros de revólver, um escárnio bestial.

No início da tertúlia, falava-se sobre Colca e Lima. Depois sobre a guerra europeia. Em seguida, tratavam de tópicos relativos à empresa e à exportação de tungstênio, cuja cotação aumentava diariamente. Por fim, discutiam sobre os rumores nas minas, as bisbilhotices domésticas da vida privada. Quando chegavam aos soras, Leônidas Benites dizia, com ar de filósofo e num tom redentor e dolente:

— Pobres soras! São uns fracos e estúpidos. Fazem isso porque não têm coragem para defender seus interesses. São incapazes de dizer não. Raça fraca, servil, simplória, beirando a incredulidade. Dão-me pena e raiva!

Marino, que já estava bêbado, contradizia-o:

— Não acredite nisso. Os índios sabem muito bem o que fazem. Ademais, isso é a vida: a disputa e o contínuo combate entre os homens. É a lei da seleção. Só um perde para que outro possa ganhar. Meu amigo, você mais do que ninguém...

As últimas palavras eram ditas com marcado tinido. E tudo pela mania de ironizar e calar os outros, era característica dominante do caráter de Marino. Benites compreendia a alusão e se perturbava de maneira visível, sem poder retrucar o homem fanfarrão. Além do mais, estava bêbado. Os homens fingiam se espantar com isso, gritando numa só voz em tom de zombaria:

— Ah, claro! É natural, natural!

O engenheiro Rubio, arranhando com a unha o zinco do balcão, conforme era costume, argumentou com voz distante:

— Não, senhor. Acho que esses índios gostam de vida ativa, trabalho, abrir buracos no chão virgem, caçar animais selvagens. Esse é o jeito e maneira de ser. Desfazem-se das suas coisas, só para ir em busca de outros animais e terrenos. E assim vivem felizes. Ignoram o que é o direito de propriedade, creem que todos podem se apoderar indistintamente das coisas. Lembram-se aquele da porta?...

— O da porta? — interrogou o contador, tossindo.

— Exatamente. O sora primeiro colocou a porta no ombro, a levou para colocar no seu curral, com o mesmo desenfado e segurança de quem pega algo que é seu.

Uma gargalhada ressoou no empório.

— E o que fizeram com ele? É engraçado.

— Quando lhe perguntaram para onde estava levando a porta, "pra minha cabana", respondeu sorrindo com uma sinceridade cômica e infantil. É natural que a tiraram dele. Pensava que qualquer um podia ficar com a porta, se precisasse dela. São divertidos.

Marino disse, piscando o olho e inflando a barriga:

— Fazem-se de estúpidos. São umas bestas!

Benites se opôs a tal ideia, com um ar de asco e piedade:

— Nada disso, senhor! São fracos. Deixam roubar aquilo que lhes pertence, por pura fraqueza.

Rubio se exasperou:

— Você chama de fracos aqueles que enfrentam bosques e os picos das cordilheiras, entre animais ferozes e todo gênero de perigos, em busca de vida? O que nem você nem os que estão aqui conseguiriam fazer?

— Isso não é bravura, meu amigo. O que vale é lutar de homem para homem; o que derruba o outro, esse é corajoso. O resto é algo diferente.

— Você crê que a força de um homem, a sua coragem, foi criada para colocar abaixo outro homem?... Magnífico! A mim parece que o valor de um indivíduo deve lhe servir para trabalhar e criar a riqueza coletiva, não usá-lo como arma ofensiva contra os outros. A sua teoria é maravilhosa!...

— Nem mais nem menos. Sou incapaz de fazer mal a alguém. Todos me conhecem. Mas me vejo obrigado a defender a minha vida e meus interesses, se me atacarem e despojarem deles.

Marino interrompeu:

— Eu não falo nada. Em boca fechada não entra mosca... O que vamos beber? Quem paga? Vamos, deixem-se de besteiras!

O agrimensor não lhe deu importância:

— Por exemplo, vim trabalhar aqui não para desperdiçar aquilo que ganhar, mas para amealhar dinheiro que preciso. Além do mais, não quero despojar ninguém, nem quero tirar a terra de nenhum filho do vizinho.

Marino cansou de perguntar quem pedia a rodada, como Benites, seu sócio no negócio do cultivo e dos animais, não lhe fizesse caso, embevecido como estava pela conversa, o comerciante disse, num riso irônico cortante, para o fazer calar:

— Eu não falo nada. Benites! Benites! Benites!... lembre-se que em boca fechada não entra mosca...

O contador Machuca teve um acesso de tosse que, após acalmar o peito congestionado pelo esforço, disse:

— Eu quero dizer...

E voltou a tossir.

— Quero dizer que...

Não conseguia continuar. Tossiu durante um tempo, depois conseguiu se aliviar:

— Os soras são índios brutos, insensíveis à dor alheia e que não têm ideia de nada. Vi outro dia um deles se suspender numa corda, que tinha na outra ponta um jovem amarrado pela cintura. O sora, com o peso do seu corpo balançou a corda e a apertou de tal maneira que parecia cortar a cintura do outro, que não tinha como se soltar e se agitava muito, fazendo expressões de dor e colocando a língua para fora. O sora via-o, porém, continuava com a acrobacia, rindo como um idiota. São cruéis e impiedosos, têm o coração frio. Precisam se tornar cristãos e praticar as virtudes da igreja.

— Bravo! Muito bem dito! Você, mais uma bebida? — disse Marino.

— Me deixa, que estou falando...

— Pede você...

— Maldito seja! Sirva você...

Leônidas Benites não fazia mais do que expressar por meio de palavras o que praticava na realidade na sua conduta cotidiana. Benites era a economia personificada, defendia o menor centavo com um cuidado edificante. Viriam dias melhores, quando tivesse feito umas economias para sair de Quivilca e começar um negócio independente noutra parte. Agora era preciso trabalhar e economizar, sem outro ponto de vista senão o futuro. Benites não ignorava que neste mundo quem tinha dinheiro era mais feliz, que as melhores virtudes são trabalhar e poupar, procurar uma vida tranquila e justa, sem atacar ninguém, sem as censuráveis atitudes de ganância e despeito, além de outras inclinações mais baixas que produzem a corrupção e a ruína de pessoas e sociedades. Leônidas Benites dizia ao mestre-escola, Julio Zavala:

— Deveria ensinar às crianças apenas isso: trabalhar e economizar. Resumir a doutrina cristã nestes dois apotegmas supremos que, segundo penso, sintetizam a moral de todos os tempos. Sem trabalho e sem poupança, não é possível a serenidade da consciência, caridade e justiça, nada. Essa é a experiência da história. O resto são bobagens!

Depois, emocionado e dando uma inflexão sincera às suas palavras, acrescentou:

— Fui criado por uma mulher e agradeço sempre a ela por me ter dado a educação que tenho. Daí a maneira como conduzo meus atos que todos conhecem: trabalhando dia e noite, esforçando-me em conseguir uma posição econômica, humilde certamente, mas livre e honrada.

Livrara-se da sua crônica expressão de angústia. Os olhos brilhavam, como se despertasse de algo, explicando a Zavala:

— Não acredite que... uma coisa é a poupança e outra coisa é a avareza. Entre Marino e eu, por exemplo, há uma distância: da avareza à poupança. Você me entende, meu querido amigo...

O preceptor dava sinal de que compreendia, e parecia refletir de maneira profunda sobre as ideias de Benites.

O agrimensor tinha, em geral, íntima e sólida convicção de que era um jovem de bem, trabalhador, metódico, honrado e com futuro brilhante. Fazia sempre referência a ele, assinalando que era um paradigma de vida que todos deveriam imitar. Este último não expressava claramente, mas fluía das suas próprias palavras, pronunciadas com dignidade apostólica exemplar, em ocasiões que se perfilavam problemas de moral e destino entre suas amizades. Perorava então longamente sobre o bem e o mal, a verdade e a mentira, a sinceridade e a hipocrisia, entre outros temas importantes.

***

Devido à vida que levava, Leônidas Benites jamais tivera problema algum de saúde.

— Mas no dia em que você adoecer!... — berrava José Marino, que em Quivilca assumia o papel de médico empírico — não levanta mais!

Leônidas Benites, perante tais palavras sombrias, cuidava ainda mais da saúde. A higiene do seu quarto, e de si mesmo, era de uma pulcritude esmerada, não deixando passar nada. Andava sempre procurando o bem-estar físico, valendo-se de uma série de atos que ninguém senão ele, com sua paciente meticulosidade de ancião desconfiado, poderia realizar. Pela manhã experimentava, antes de sair rumo ao trabalho, distintas roupas interiores, para ver qual ficava melhor, segundo o tempo reinante e o estado de saúde, não faltando ocasiões em que regressava da metade do caminho para trocar de camiseta ou cueca, porque estava muito frio, ou o que escolhera provocava muito calor. O mesmo acontecia com o uso de meias, sapatos, chapéus, suéteres, luvas e com sua pasta de trabalho. Se nevasse, não só carregava com ele maior número de papéis, réguas e cordões; ou então, para se exercitar mais, pegava seus níveis, tripés e teodolitos, ainda que não fosse utilizá-los. Era visto a se exercitar, saltar e correndo como um louco, até cansar. Outras vezes, não saía do seu quarto por nada, se alguém aparecia, abria silenciosa e lentamente a porta, para que não entrasse nenhuma rajada de vento frio. Mas se havia sol, descerrava todas as portas e janelas. Por isso, um dia, quando Benites estava com o contador, deixou um jovem cuidando da porta do seu quarto, que se distraiu, e entraram roubando açúcar e um pequeno fogão.

Mas não era só isso. Quando se tratava de medidas prévias contra o contágio de males, sua senectude era maior. Não aceitava de ninguém, uma porção ou uma bebida, senão exorcizando-a antes e desenhando o sinal da cruz cinco vezes sobre as coisas, nem mais nem menos.

O contador visitou-o um domingo de manhã, quando a cozinheira acabara de trazer-lhe um prato de *humitas*[8] quentes. O contador entrou no instante em que Leônidas Benites acabara de desenhar a terceira cruz sobre as *humitas*. Esqueceu o número das cruzes, o que bastou para não se atrever a provar a dádiva e deu ao cachorro. Não era muito afeito a apertar a mão. Quando se via obrigado a fazê-lo, tocava apenas com a ponta dos dedos na mão do outro, logo ficava preocupado, com um esgar de asco, até que pudesse lavá-las com sabão desinfetante, que nunca faltava. Tudo em seu aposento estava sempre no mesmo lugar, ele mesmo, Benites, estava constantemente trabalhando, meditando, dormindo, comendo ou lendo *Ajuda-te* de Samuel Smiles, que considerava a grande obra moderna. Nos feriados católicos, lia o *Evangelho segundo São Mateus*, livro folheado a ouro que sua mãe o ensinou a amar, para compreender tudo o que é importante aos verdadeiros cristãos.

Com o correr do tempo, a sua voz se abateu muito, consequência do frio da cordilheira. Essa circunstância surgia como um dos piores defeitos aos olhos de José Marino, seu sócio, com quem discutia com frequência sobre este fato.

[8] Do quéchua, *jumint'a*, comida típica feita com pasta de milho ou os grãos triturados que se junta uma fritura preparada com cebola, tomate e *ají* (pimenta) vermelho moído, envolta nas próprias folhas, assada ou cozida; lembra a pamonha. No Peru, pode ser salgada ou doce.

— Você não! Você não! — lhe dizia Marino, em tom malicioso e na presença de paroquianos no empório. — Precisa falar forte, como homem! Deixa de humildade e de ser beato. Já é bastante adulto para ser ingênuo. Beba mais, coma bem, namore e verá como a sua voz vai melhorar...

Leônidas Benites respondia, entre risos provocados pelas frases picantes de Marino, sem ser ouvido. Então o seu sócio gritava em tom de escárnio:

— O quê? Como? O que disse? Que coisa? Mas não se ouve nada!...

As risadas aumentavam. Leônidas Benites, ferido profundamente pela gozação dos outros, ficava mais corado e se retirava.

Em geral, Leônidas Benites não era muito apreciado em Quivilca. Por quê? Pelo seu tipo de vida? Por sua tendência moralista? A debilidade física? O retraimento e a desconfiança dos outros? A única pessoa próxima a ele, com afeto pelo agrimensor, era uma senhora, mãe de um torneiro, meio surda e já entrada em anos, que tinha fama de beata, por isso, amiga dos bons costumes e da vida austera e exemplar. Em parte alguma, Leônidas Benites se sentia bem, senão na casa da beata, com quem mantinha longas conversas, jogava cartas, comentando sobre a vida de Quivilca, e, amiúde, arriscando alguma prática sobre graves assuntos de moral.

Certa tarde, informaram a essa senhora que Benites estava doente. Ela foi vê-lo, encontrando-o sob o efeito de uma febre alta, que o fazia delirar e debater-se de forma angustiante no leito.

Preparou-lhe uma infusão forte de eucalipto, com álcool, ia lhe dar um banho de planta de mostarda. Isso produziria uma transpiração copiosa, sinal seguro do mal ter cedido, que consistia num forte calafrio. Após ministrar os dois remédios, o enfermo começou a suar, mas a febre persistia, às vezes aumentava.

A noite chegara e começou a nevar. Os aposentos de Benites tinham as janelas e portas hermeticamente fechadas. A senhora tapou as fendas com trapos, para evitar as rajadas de vento. Uma vela ardia e projetava sombras tristes e amarelas nos ângulos dos objetos e na ama do paciente. Se ele se mexesse ou mudasse de posição por causa da febre, as sombras se agitavam já breves, longas, como trilhos nos planos do seu rosto sério, entre os travesseiros e os cobertores.

Benites se mexia e falava coisas confusas, como se tivesse um pesadelo. A senhora, abatida pela gravidade crescente do enfermo, começou a rezar, ajoelhada diante de um quadro do Coração de Jesus, junto à cabeceira da cama. Virou o rosto pálido e inexpressivo, como a máscara de gesso de um cadáver, pôs-se a orar em murmúrio. Depois se levantou reanimada e repetiu, ao lado do leito:

— Benites?

Ouvia-se a sua respiração, baixa e pausada. A senhora se aproximou na ponta dos pés, inclinou-se sobre a cama e observou por longo tempo. Esperando um momento, voltou a chamar, demonstrando tranquilidade:

— Benites?

O enfermo lançou uma queixa obscura e desprotegida, que entrou pelas suas entranhas de mulher.

— Benites? Como está se sentindo? Dou-lhe outro remédio?

Benites fez um movimento brusco, mexeu as mãos no ar, como se espantasse insetos invisíveis, abriu os olhos que estavam avermelhados, pareciam imersos em sangue. Seu olhar era vago e ameaçador. Ele estalou os lábios roxos e secos, num gemido incompreensível:

— Aquela curva está grande! Me deixa! Eu sei o que estou fazendo! Me deixa!...

Virou-se para a parede dobrando os joelhos e metendo os braços sob os lençóis.

Em Quivilca não havia médico. Reclamaram com a empresa, sem resultado. As doenças eram combatidas por cada um, conforme seu conhecimento, salvo no caso da pneumonia, em cujo tratamento José Marino se especializara, o empírico do empório. A senhora que assistia Benites não sabia se pedia ajuda ao comerciante, se fosse pneumonia, ou procurava outra receita por sua própria conta, sem perder tempo. Andava desesperada pelo quarto, sem parar. Volta e meia observava o doente, ou colocava o ouvido na porta, atenta à queda da neve. Talvez o seu filho a procurasse, ou alguém poderia passar e ela poderia pedir conselho ou ajuda.

Às vezes, o doente ficava em silêncio absoluto, a senhora não percebia por causa da sua surdez, mas em geral, a noite avançava povoada de gemidos dolorosos e palavras delirantes. Havia pela vizinhança um grande depósito de mineral. Os outros locais estavam distantes, na encosta do cerro, era preciso gritar para alguém escutar.

A senhora decidiu dar-lhe outro remédio. Entre as coisas úteis que por precaução Benites guardava, encontrou um pouco de glicerina, substância que lhe despertou uma nova receita. Acendeu outra vez o fogão. Deu a volta pela cama na ponta dos pés, examinou o paciente, que permanecia calmo e percebeu que dormia. Decidiu então deixá-lo repousar, postergando o remédio para mais tarde, caso a febre continuasse. Ajoelhou-se diante de um quadro sagrado e sussurrou, com veemência dorida e por longo tempo, extensas orações mescladas aos soluços e suspiros. Depois se levantou e se aproximou da cama do enfermo, enxugando as lágrimas com o canto da blusa de percal. Benites continuava sereno.

— Deus é grande! — exclamou enternecida a senhora, em voz baixa —. Ah, divino coração de Jesus!

— acrescentou, levantando os olhos para o retrato, unindo as mãos, num frenesi inefável —. Tu podes tudo! Protege esta criatura! Ampara-a, não a abandones! Por tua santíssima chaga! Meu Pai, nos protege neste vale de lágrimas!...[9]

Não conseguiu conter a emoção e começou a chorar. Deu alguns passos, se sentou num banco. E aí adormeceu.

Despertou subitamente. A vela estava acabando, escorrera de maneira estranha, criando um postigo fundo e largo, por onde corria a cera derretida, se amontoando e esfriando num só ponto do castiçal, criando o formato de um punho fechado, como se o indicador estivesse apontando para a chama. Arrumou a vela; como viu que Benites não mudara de posição, continuando a dormir, se inclinou para ver o seu rosto. "Está dormindo", disse, deixando-o descansar.

Leônidas Benites, entre o delírio da febre, olhou para o quadro do Coração de Jesus, disposto sobre a sua cabeceira. A imagem divina estava envolta no arrebol branco da caliche da parede. As alucinações se relacionavam com o que mais preocupava Benites no mundo tangível, tal como o seu desempenho no trabalho das minas, o negócio em sociedade com Marino e Rubio, a vontade de reunir capital suficiente e ir para Lima

[9] Vallejo usou esta passagem do delírio febril de Benites, num conto que intitulou "Sabedoria".

terminar logo os estudos como engenheiro, empreender um negócio por conta própria, relacionado com a sua profissão. Em seu delírio, viu que o comerciante Marino ficava com seu dinheiro e ameaçava-o, ajudado por outros habitantes de Quivilca. Benites protestava de maneira enérgica, mas tinha que fugir por causa do grande número de agressores. Saiu em fuga por rochas escarpadas e, ao dobrar num ponto do terreno rochoso, dava de frente com outros inimigos. O susto fez-lhe dar um salto. O coração de Jesus entrava de imediato no conflito, assustava os agressores e os ladrões, em seguida desaparecia, deixando-o desamparado, no exato instante em que *mister* Taik, muito aborrecido, dizia a Benites:

— Fora daqui! A *Mining Society* dispensa-o devido sua péssima conduta! Fora daqui seu estúpido!

Benites rogava com as mãos juntas. *Mister* Taik ordenou a dois empregados que o tirassem do escritório. Vieram dois soras, como se estivessem rindo da sua desgraça. Seguravam-no pelos braços, arrastando-o e empurrando-o com violência. Então o Coração de Jesus vinha em seu auxílio e tudo ficava bem. Em seguida o senhor desaparecia num relâmpago.

Pouco depois, Benites surpreendia um sora roubando-lhe um maço de dinheiro da sua gaveta. Lançava-se sobre o traidor, perseguindo-o não só pela soma que roubara, mas por causa do riso cínico com que o índio ridicularizava Benites, montado no lombo de um jacaré, no meio de um grande rio. Benites chegou à outra margem, ia entrar na corrente quando se sentiu zonzo e sem movimento voluntário. Jesus aureolado desta vez por um halo fulgurante, observava Benites. O rio de repente aumentou, enchendo todo espaço visível, até os mais longínquos confins. Uma multidão imensa cercava o Senhor, atenta aos seus desígnios, com ar de grande expectativa e abarcou todo o horizonte. Benites foi possuído por um pavor súbito, tendo se conscientizado, de maneira sombria, que assistia à hora do juízo final.

Benites quis fazer um exame de consciência, que lhe permitisse entrever qual seria o lugar do seu eterno destino. Tentou lembrar das suas boas e más ações na Terra. Primeiro, recordou dos bons atos. Reuniu-os, dispondo-os no local favorito e visível do seu pensamento, numa ordem rigorosa de importância: embaixo, os procedimentos bondosos, mais ou menos discutíveis ou insignificantes; acima de todos, aqueles relativos aos grandes lances de virtude, cujo mérito se denunciava à distância, sem deixar dúvida da sua autenticidade e transcendência. Invocou as recordações mais amargas e a sua memória não mostrou nenhuma, nem uma só lembrança. Às vezes, se insinuava alguma tímida e turva que, bem analisada, à luz da razão, acabava por se desvanecer nas fendas neutras da classificação dos valores, ou considerando de outra forma, chegava a excluir todo o seu caráter responsável, substituindo este, não só por outro indefinível, mas pelo caráter contrário: a lembrança resultava ser, no fundo, uma ação meritória, que Benites reconhecia com genuína fruição paternal. Felizmente, ele era inteligente e cultivara com esmero a sua faculdade discursiva e crítica, com a qual poderia aprofundar as coisas e lhes imprimir um sentido verdadeiro e exato. Faltava bem pouco para Benites, segundo ele intuía, se apresentar perante o Salvador. Ao refletir sobre isso, um enorme temor o fez se acastelar no seu próprio pensamento. Um oleiro de Accoya, que não via há muitos anos, a quem a mãe do agrimensor comprava capim para os seus *cuyes*[10], rogando-lhe maldições por sua cobiça e avareza, veio resgatá-lo dali. A rápida associação de ideias fez com que Benites recordasse que ele mesmo também adorara o dinheiro, talvez até em excesso. Lembrou que em Colca, uma noite, ouvira sons estranhos numa habitação desolada, onde dormia sozinho. Começaram a empurrar a porta na escuridão, Benites sentiu medo e permaneceu em silêncio. Recordou outro dia em que comentara com os vizinhos sobre esse fato, e não faltaram pessoas afirmando que aquela casa era assombrada, devido ao tesouro enterrado ali por um espanhol *encomendero*[11] da colônia. Como os ruídos

[10] *Cuy*, roedor andino (semelhante ao hamster) que se come frito, acompanhado com *rocotos*, o prato chama-se "cuy chactado".
[11] Durante a época colonial espanhola, a figura responsável por escravizar e traficar índios com a autorização real.

noturnos continuassem, por fim, a cobiça pelo ouro provocou Benites. À meia-noite, quando empurraram a porta envolta em trevas, o agrimensor invocou a assombração.

— Quem é? — perguntou, e se cobriu na cama, com os dentes tremendo de medo.

Não responderam, continuaram empurrando. Benites voltou a perguntar, aflito e suando frio:

— Quem és? Se é um fantasma, diga o que quer.

Uma voz nasalada, que parecia vir de outro mundo, respondeu num tom lastimoso:

— Sou um fantasma.

Benites sabia que era ruim afastar as assombrações e perguntou:

— O que se passa, por que sofre?

E lhe respondeu quase chorando:

— Num lugar da cozinha, enterrei cinco centavos. Não posso me salvar por causa deles. Junta noventa e cinco centavos e encomenda uma missa para minha salvação...

Benites indignado pelo rumo inesperado e oneroso que a aventura adquiria, resmungou, segurando um pedaço de pau contra a assombração:

— Já vi mortos sem-vergonhas, mas como este, nunca!

No dia seguinte, Benites abandonou o local.

Lembrando agora de tudo isso, já distante da vida terrena, julgou pecaminosa a sua conduta e digna de castigo. Porém, pensou que suas palavras injuriosas para a assombração foram ditas por um estado anormal de espírito, sem intenção maléfica. Não esquecera que, em matéria de moral, as ações têm uma fisionomia que lhes imprime só uma finalidade. Sobre o não pagamento da missa solicitada pela assombração não era culpa sua, mas do pároco que foi impedido de ir à igreja naqueles dias, devido a uma dispepsia. Benites não ocultava, seja dita a verdade, que a doença do sacerdote não era mais grave do que subtrair-lhe o cumprimento dos seus deveres sagrados. Afinal, segundo a análise mais ajuizada e séria, talvez não tenha sido, na realidade, uma assombração, mas uma grande brincadeira dos seus amigos, do que a sua dificuldade em busca do provável tesouro. Posto isso, após mandar rezar a missa, a brincadeira teve repercussão impiedosa, com Benites pelo meio, por um dos seus promotores. Indubitavelmente, fizera bem em proceder como procedeu, defendendo de maneira inconsciente a competência séria da igreja, a sua conduta poderia adquirir o mérito suficiente, conseguindo alguma recompensa do Senhor. Benites situou essa recordação no meio, exatamente no meio de todas as suas recordações, movido por uma dialética singular e inextricável.

Um sentimento jamais registrado em sua sensibilidade, que nascia do fundo do seu ser, lhe pressagiou que estava na presença de Jesus. Sentiu então uma quantidade tal de luz em seu pensamento, que conquistou sua visão completa do que foi, é e será, a consciência integral do tempo e do espaço, a imagem plena e una das coisas, o sentido eterno e essencial dos limites. Uma centelha de sabedoria o envolveu, disposta num único plano, a noção sentimental e sensitiva, abstrata e material, noturna e solar, par e ímpar, fracionária e sintética, do rol permanente dos destinos de Deus. E por isso não pôde fazer nada, pensar, querer, nem sentir por si mesmo nem em si mesmo. A sua personalidade, como *eu* do egoísmo, não conseguiu subtrair-se ao corte cordial e solitário dos seus flancos. Hospedou-se no seu ser uma nota orquestral do infinito, o motivo de Jesus ter inserido sua divina auriflama pela antena superior do seu coração. Depois, voltou a si, e, ao se sentir separado do Senhor, condenado a errar ao acaso, como número disperso, separado da harmonia universal pela imensidão cinza e incerta, sem alvorada nem ocaso, uma dor indescritível e jamais experimentada, preencheu sua alma até a boca, afogando-o, como se mastigasse obscuras moedas amargas, sem conseguir engolir. O seu tormento interior, a funesta desventura do seu espírito, não era o motivo da perda do paraíso, mas a causa da expressão de tristeza infinita que viu e sentiu desenhar-se na face divina do Nazareno, ao chegar aos seus pés. Oh que mortal tristeza a sua, como não conseguiu conter nem a taça de duas bocas do Enigma! Por causa dessa enorme tristeza, Benites sofria uma dor incurável e sem limiar.

— Senhor! — murmurou Benites em súplica — Que pelo menos a tua tristeza não seja tanta! Que um pouco dela se transfira para o meu coração! Que os seixos venham ajudar-me a refletir tua grande tristeza!

O silêncio imperou na extensão transcendental.

— Senhor! Apaga a lâmpada da tua tristeza, falta-me coração para refleti-la? O que foi feito do meu sangue? Onde está meu sangue? Ah, Senhor! Tu me deste e eu o deixei, sem saber como, coagular nos abismos da vida, avaro e pobre!

Benites chorou muito.

— Senhor! Eu fui o pecador e tua pobre ovelha desgarrada! Quando podia ter sido o Adão sem tempo, sem meio-dia, sem tarde, sem noite e sem segundo dia! Quando tive em minhas mãos as rédeas para sujeitar os rumores edênicos em toda a eternidade e salvar o Absoluto no mutável! Quando tive em minhas mãos determinar as fronteiras homogeneamente, como corpos simples, garra a garra, bico a bico, seixo a seixo, maçã a maçã! Quando tive em minhas mãos o poder de separar ao longo e através dos caminhos, os diâmetros e as alturas, para ver se assim encontrava a Verdade!...

— Senhor! Eu fui o delinquente e o teu verme ingrato, sem perdão! Quando poderia não ter nascido! Quando pude eternizar-me nos casulos e nas vésperas! Felizes os casulos, porque eles são as joias natas dos paraísos, ainda que pairem em suas entranhas seladas, estames ásperos! Felizes as vésperas, porque elas não chegaram e não hão de chegar jamais na hora dos dias definíveis! Eu fui apenas o óvulo, a nebulosa, o ritmo latente e imanente: Deus!...

Benites irrompeu num grito de desolação infinita, em seguida se calou e o silêncio deixou tudo mudo para sempre.

***

Benites despertou de repente. A luz da manhã inundava a habitação. Ao lado da cama de Benites estava José Marino.

— Mas que boa vida, sócio! — bradou Marino, cruzando os braços —. Às onze da manhã e ainda na cama! Vamos, vamos! Levante-se! Essa tarde vou até Colca.

Benites deu um pulo:

Marino passeava pelo aposento, meio agitado.

— Sim, homem, levante-se! Vamos tratar de contas. Rubio nos aguarda no empório...

Sentado em sua cama, Benites sentiu um calafrio:

— Já me levanto. Ainda tenho um pouco de febre, mas não tem problema.

— Febre, você? Não adianta se coçar, homem! Levante-se, levante-se! Espero-o no empório.

Marino saiu, Benites começou a se vestir, tomando os cuidados do costume: meias, cueca, camiseta, camisa, tudo devia combinar e servir para aquele momento particular pelo qual atravessava a sua saúde. Nem muita roupa, nem pouca.

À uma da tarde, o cavalo em que devia montar José Marino esperava encilhado à porta do empório. O sobrinho do comerciante o sujeitava por uma corda. No interior do empório discutiam-se entre vozes e gargalhadas. Após acertadas as contas entre Marino, Rubio e Benites, saudaram o comerciante, seus dois sócios, o contador Machuca, o professor Zavala, o comissário Baldazari e *mister* Taik e Weiss. Sucederam-se os copos. Machuca, já um pouco bêbado, perguntava de maneira folgazã a Marino:

— Com quem você vai deixar a Rosada?

Rosada era uma das amantes de Marino. Uma jovem de dezoito anos, belo tipo de mulher serrana, olhos grandes e negros, um candor na face empurpurada. Um aferidor das minas trouxera-a de Colca como amante. Suas irmãs, Teresa e Albina, seguiram-na atraídas pela curiosidade da vida nas minas que exercia sobre os aldeões, ingênuos e alucinados, uma estranha e irresistível sedução. As três chegaram a Quivilca fugidas de casa. Seus pais — uns velhos camponeses miseráveis

— choraram muito. Em Quivilca, as jovens começaram a trabalhar produzindo e vendendo *chicha*[12], o ofício as obrigava a beber e embriagar-se com frequência entre os consumidores. O ajudante ficou logo desgostoso com o gênero de trabalho de Graciela e a abandonou. Semanas depois, Marino arrebatou-a para si. Quanto a Albina e Teresa, corriam diversos rumores em Quivilca.

Marino respondia às repetidas perguntas de Machuca com cinismo:

— Joguemos os dados, se quiser saber.

— Isso, vamos jogar dados! Mas vamos jogar entre todos, propôs Baldazari.

Se reuniram em redor do balcão, estavam bêbados, até Benites. Marino misturava os dados ruidosamente, gritando:

— Quem joga?

Atirou os dados e apontou com os dedos cada um dos homens:

— Um, dois, três, quatro, você joga!

Coube a Leônidas Benites começar o jogo.

— Mas o que estamos apostando? — perguntou Benites, com os dados na mão.

— Continue jogando! — dizia Baldazari —. Você não ouviu que a Rosada vai ser o prêmio?

Benites respondeu confuso, apesar da bebedeira:

[12] Bebida fermentada a base de milho ou outros cereais, produzida pelos indígenas da cordilheira dos Andes e da América Latina, desde a época do império inca.

— Não, homem! Jogar dados por uma mulher! Isso não se faz! Vamos apostar por um copo!

Censuras unânimes, injúrias e assobios abafaram os tímidos escrúpulos de Leônidas Benites e a partida começou.

— Bravo! Que pague uma rodada! O gole da sucessão!

O comissário Baldazari ganhou a morena na partida e mandou servir champanhe. Machuca se aproximou, dizendo-lhe:

— Que *chola* gostosa você vai comer, comissário! Tem umas ancas!...

O contador ao falar isso abriu o braço no círculo, fez uma expressão lasciva e repugnante. Os olhos do comissário também brilharam, pensando na Rosada, perguntou a Machuca:

— Mas onde ela vive agora? Há muito tempo que não a vejo.

— Perto do charco. Mande-a buscar agora mesmo!

— Não, homem, agora não! Ainda é dia. As pessoas podem nos ver.

— Pessoas, que pessoas! Os índios estão todos trabalhando! Mande-a vir, vá!

— Agora, não. Foi uma brincadeira. Você acha que Marino vai liberar a *chola*? Só se for para ir e não voltar. Mas só vai a Colca por uns dias...

— E o que importa? Quem ganha, ganha. Cresça, seu estúpido! É uma fêmea que enlouquece! A mim dá muito tesão! Manda buscá-la! Além do mais, você é o comissário e você é que manda! O resto é besteira! Vamos, comissário!

— Mas acha que ela virá?

— É claro!

— Vive com quem?

— Só com as irmãs, que também são muito gostosas.

Baldazari ficou pensando, mexendo seu chicote.

Minutos mais tarde, José Marino e o comissário Baldazari saíram.

— Anda, Cucho — disse Marino para seu sobrinho —, vai até a casa das Rosadas e fala para Graciela que venha aqui ao empório, eu a estou esperando, porque já vou embora. Se ela te perguntar com quem estou, não diz quem está aqui. Diz que estou só, completamente só. Ouviu?

— Sim, tio.

— Cuidado pra não te esquecer! Fala que estou sozinho, não tem ninguém mais no empório. Deixa o cavalo, amarra-o. Anda, vai voando! E volta logo!...

Cucho amarrou a ponta do cabresto do cavalo e partiu para dar o recado.

— Vai voando, voando! — lhe diziam Marino e Baldazari.

José Marino bajulava todos os que um dia lhe poderiam ser úteis de alguma maneira. Seu servilismo para com o comissário não tinha limites. Marino lhe ajudava até em suas aventuras amorosas. Saíam à noite, percorrendo os acampamentos dos trabalhadores, os trabalhos nas minas, na companhia de um policial. Às vezes, Baldazari ficava dormindo de madrugada, em alguma choça ou habitação dos operários, com a mulher, a irmã ou a mãe de um deles. O policial voltava então só para a delegacia e Marino, também sozinho, para o empório. Por que fazia as vontades do comissário? Os motivos eram múltiplos. Agora, ia se ausentar e pedir ao comissário para vigiar o movimento do empório, ficaria sob a responsabilidade do professor Zavala, que estava de férias. Por outro lado, o comissário estava consumindo muito no empório, e fazia com que os outros fizessem o mesmo. Às três da tarde, Marino já vendera muitas garrafas de champanhe, cinzano, conhaque e uísque...

Essas eram as razões do momento, bem simples. Outras eram as de sempre, e mais sérias. O comissário Baldazari era o braço direito do contratante José Marino junto da peãozada e os gerentes da *Mining Society*. Quando Marino não podia com um trabalhador, que se negava a pagar a conta, aceitar o salário muito baixo, trabalhar em certas horas da noite, ou num feriado, Marino pedia ajuda ao comissário e este fazia o peão ceder ameaçando com o cárcere, a "barra" (castigo original das prisões peruanas) ou chicotadas. Mesmo assim, quando Marino não conseguia obter diretamente de *mister* Taik e Weiss esta ou aquela vantagem, facilidades ou, em geral, qualquer favor ou cobiça, Marino se socorria de Baldazari, que intervinha com o prestígio e a ascendência da sua autoridade, obtendo dos patrões tudo o que Marino desejava. Por isso, não havia nada de estranho que o comerciante estivesse disposto a entregar sua amante ao comissário, *ipso facto* e em público.

Pouco depois, Graciela surgia na esquina, acompanhada de Cucho. O pessoal se escondeu no empório. Só José Marino apareceu à porta, tentando dissimular a embriaguez:

— Entra — disse afetuosamente Marino para Graciela —. Já estou indo, entra. Mandei te chamar porque vou viajar.

Graciela falou meio tímida:

— Pensei que ia embora sem se despedir.

Uma gargalhada súbita irrompeu no empório e todos surgiram diante de Graciela. Envergonhada e surpresa com aquilo, deu um passo atrás se encostando na parede. Cercaram-na, uns segurando a sua mão, outros acariciando-a pelo queixo. Marino lhe dizia, dando uma gargalhada:

— Senta aí, senta. É a despedida. O que queres! São meus amigos! Nossos patrões! Nosso grande e querido comissário! Senta aí, senta! O que vai beber?...

Fecharam as portas, Cucho puxou o cabresto do cavalo e sentou no lado de fora, à espera.

Nevou. Várias pessoas vieram fazer compras no empório, mas iam embora e não se atreviam a entrar. Uma índia de ar pesaroso chegou apressada.

— Teu tio está aí? — perguntou arquejante a Cucho.

— Sim está. O que é?

— Preciso comprar láudano. Estou com muita pressa, minha mãe está quase morrendo.

— Pode entrar se quiser.

— Quem está aí?

— Está com outros senhores. Mas se quiser entrar...

A mulher vacilou e esperou na porta. Uma angústia crescente se desenhava em seu rosto. Cucho, sem soltar o cabresto do cavalo, se entretinha desenhando em seu caderno escolar, com um lápis vermelho, as armas da pátria. A mulher ia e vinha, desesperada, sem se atrever a entrar no empório. Ouvia atentamente o que sucedia lá dentro, ficava escutando e voltava a andar, perguntando para Cucho:

— Quem está aí?

— O comissário.

— Quem mais?

— O contador, o engenheiro, o professor, os gringos... estão bêbados. Estão tomando champanhe.

— Mas eu ouço uma mulher!...

— É Graciela.

— A Rosada?

— Sim, meu tio a mandou chamar, porque vai viajar.

— Meu Deus! A que horas vão embora? A que horas?...

A mulher começou a se lamentar.

— Por que está chorando? — perguntou Cucho.

— Minha mãe vai morrer e dom José está com essas pessoas...

— Se quiser, posso chamar meu tio para lhe vender...

— Será que não vai ficar com raiva...

Cucho olhou para dentro e chamou timidamente:

— Tio Pepe!...

A orgia estava no auge. Saía de lá uma confusão de vozes, misturada com risos, gritos e um fedor nauseabundo. Cucho chamou várias vezes. Por fim, José Marino apareceu.

— Que merda, o que quer? — disse irritado.

Cucho, ao vê-lo bêbado e furioso, pulou para trás, amedrontado. A mulher se afastou para um lado.

— Ela quer comprar láudano — murmurou Cucho, de longe.

— Que láudano o quê, a puta que pariu! — rugiu José Marino, lançando-se furibundo sobre o sobrinho. Deu-lhe um bofetão na cabeça e o derrubou.

— Caralho! — gritava o comerciante, dando-lhe pontapés —. Idiota! Estás sempre me fodendo!

Alguns transeuntes se aproximaram para defender Cucho. A mulher do láudano suplicava a Marino, ajoelhada:

— Não bata nele, *taita*. Ele fez isso por mim, eu lhe pedi. Se quiser, bata em mim!...

Alguns tapas estalaram sobre a mulher. José Marino, cego de ira e álcool, continuou golpeando ao acaso, por alguns segundos, até que o comissário saiu para contê-lo.

— O que é isso, meu querido Marino? — falou, segurando-o pela gola.

— Me perdoe, comissário! — respondeu Marino, humilde —. Peço-lhe mil perdões!

Ambos entraram no empório. Cucho jazia sobre a neve, chorando ensanguentado. A índia, de pé, junto a Cucho, soluçava dolorosamente:

— Só por que o chamou, ele te bateu. Só por isso! E a mim também, só queria comprar um remédio!...

Surgiu um índio corpulento chorando, viera correndo...

— Chana! Chana! Mama morreu, ela já morreu! Vem, vem!...

E Chana, a índia do láudano, começou a correr, chorando, seguida pelo índio.

O cavalo de José Marino fugira espantado. Cucho, enxugando as lágrimas e o sangue, foi procurá-lo. Sabia bem que se o cavalo tivesse fugido, "o seu traseiro já não era seu", como costumava dizer o seu tio, quando ameaçava bater-lhe. Felizmente voltou com o animal, se sentou de novo à porta do empório, que continuava entreaberta. Se abaixou e olhou furtivamente. O que acontecia agora no empório?

José Marino conversava atrás da porta, um copo na mão, com *mister* Taik, o gerente da *Mining Society*. Dizia-lhe num tom insinuante e bajulador:

— Mas *mister* Taik, eu mesmo vi com meus olhos...

— Você é muito amável, mas isso é perigoso... — retrucava o gerente muito corado e sorrindo.

— Sim, sim, decida-se *mister* Taik. Eu sei do que estou falando. Rubio é um doente. Ela (falavam da mulher de Rubio) não o quer. Além do mais, morre de amores pelo senhor. Eu já vi.

O gerente continuava sorrindo.

— Mas, senhor Marino, Rubio pode ficar sabendo.

— Posso lhe assegurar que não ficará sabendo, *mister* Taik, eu juro pela minha alma.

Marino bebeu mais um pouco, acrescentou decidido:

— O senhor quer que leve Rubio um dia para fora de Quivilca, e assim aproveitar?

— Bom, logo veremos, logo veremos. Muito obrigado. Você é muito amável... — Tratando-se do senhor, *mister* Taik, já sabe que eu não reparo em nada. Sou seu amigo, muito modesto, sem dúvida, muito humilde e pobre, o último, quem sabe, mas amigo de verdade, disposto a servi-lo até com a vida. Seu pobre servidor, *mister* Taik. Seu pobre amigo!

Marino se inclinou com reverência.

Neste instante, *mister* Weiss, do outro lado do empório, chamou o comerciante:

— Senhor Marino! Outra rodada de champanhe!...

José Marino se apressou a servir os copos.

Entretanto Graciela já estava bêbada. José Marino, seu amante, deu-lhe para beber um licor estranho e misterioso, um preparo secreto feito por ele. Bastara um copo para deixá-la embriagada. O comissário falava em voz baixa a Marino:

— Formidável! Formidável! Você é um portento. Já está mais para lá do que para cá...

— E isso — respondia-lhe Marino, com jactância —, porque não lhe pus muito do verde. De outro modo, teria dobrado o bico há mais tempo...

E abraçava Baldazari, acrescentando:

— Você merece tudo, comissário. Merece tudo. Não digo uma bebedeira dessas! Não falo de uma mulher! Para você, a minha vida! Acredite.

Graciela, aos espasmos por causa do *tabacazo*[13] cantava e chorava sem sentido. E quando parava, começava a dançar sozinha. Todos batiam palmas, entre risos e requebros. Graciela, com um copo na mão, dizia, oscilando, sem seu manto nos ombros:

— Sou uma pobre desgraçada! Dom José! Venha aqui! O que você é para mim? Faça-me o favor! Sou apenas uma pobre, mais nada...

[13] Coquetel de bebidas para embriagar alguém.

Os risos e os gritos aumentavam. José Marino, segurando o braço do comissário, disse então a Graciela, que parecia uma cega, e diante de todos:

— Vês? Aqui está o senhor comissário, a mais importante autoridade de Quivilca, depois dos nossos patrões, *mister* Taik e Weiss. Vês, estão aqui conosco?

Graciela com os olhos toldados pela embriaguez, tentava ver o comissário.

— Sim, vejo. Sim, o senhor comissário. Sim...

— Bom. Pois o senhor comissário vai tomar conta de ti durante a minha ausência. Entende? Ele cuidará de ti. Ele me substituirá em tudo e para tudo...

Marino, ao dizer isso, com um sorriso largo e irônico, acrescentava:

— Obedece-o como se fosse eu. Está ouvindo, Graciela?

Graciela respondia com uma voz arrastada e quase fechando os olhos:

— Sim, muito bem... certo...

O seu corpo vacilou, quase caía. O contador Machuca soltou uma risada. José Marino fez um sinal para que calasse, voltou o olhar para Baldazari, dando a entender que ela estava no ponto. Os outros, em coro, falavam em voz baixa para Baldazari:

— Vai, comissário! Não espera mais, come!...

O comissário se limitava a rir e beber.

Graciela, se apoiando no balcão para não cair, foi se sentar gritando:

— Dom José! Venha cá! Fique do meu lado!...

José Marino insinuou a Baldazari para se aproximar mais da morena. Baldazari se virou, e bebeu outro copo. Instantes depois, Baldazari estava completamente bêbado. Mandou servir champanhe várias vezes. Os demais estavam ébrios, numa inconsciência absoluta. Rubio falava de política internacional aos gritos com Taik; no outro lado, o professor Zavala, Leônidas Benites e *mister* Weiss, se abraçavam em grupo. José Marino e o comissário Baldazari cercavam Graciela, ela abraçou Marino, mas ele se desviou de modo suave, colocando Baldazari em seus braços. A jovem percebeu, se afastou bruscamente do comissário:

— Beija o senhor comissário! — lhe ordenou Marino, irritado.

— Não! — respondeu Graciela como que despertando.

— Deixa-a — disse Baldazari a Marino.

Mas o contratador de peões já estava colérico e insistiu:

— Já te disse para beijar o senhor comissário, Graciela!

— Não! Nunca, nunca, dom José!

— Não vai beijá-lo? Não ouve minhas ordens? Já vai ver! — grunhiu o comerciante e foi preparar outro "*tabacazo*".

Ao cair da noite, fecharam totalmente a porta, o empório sumiu entre trevas. Todos os que lá estavam — menos Benites, que fora dormir —, um por um, se aproveitaram do corpo de Graciela. Marino e

Baldazari brindaram a moça com seus amigos, com toda generosidade. Os primeiros a provarem a presa foram, como é natural, os patrões *misters* Taik e Weiss. Os outros personagens entraram em cena depois, segundo a hierarquia social e econômica: o comissário Baldazari, o contador Machuca, o engenheiro Rubio e o professor Zavala, e José Marino que por modéstia, educação ou refinamento, foi o último. Tudo se fez entre uma bagunça demoníaca. Marino repetia na escuridão palavras, interjeições e gritos abjetos de uma libertinagem descomunal. Uma confusão espantosa. Um ronco surdo e abafado era o único sinal de vida de Graciela. No final, José Marino deu uma gargalhada sórdida e macabra...

Quando acenderam a luz do empório, surgiram garrafas e copos quebrados sobre o balcão, champanhe derramado no chão, peças de roupas dispersas, os rostos macilentos e suados. Uma ou outra nódoa de sangue manchava os punhos ou as golas das camisas. Marino trouxe água da pia para lavarem as mãos. Enquanto se lavavam, todos em círculo, soou um tiro de revólver que estourou a pia. Uma gargalhada partiu da boca do comissário, responsável pelo tiro.

— Para experimentar meus homens! — disse Baldazari, guardando o revólver —. Mas vejo que todos estão tremendo.

Leônidas Benites despertou.

— E Graciela? — perguntou, esfregando os olhos —. Já se foi?...

Mister Taik, limpando as lentes, disse:

— Senhor Baldazari, é preciso despertá-la. Me parece que deve ir logo para sua casa. Já é noite.

— Sim, sim, sim — disse o comissário, sério —. É preciso acordá-la. Você, Marino, que é o homem!

— Ah! — exclamou o comerciante —. Isso vai ser difícil. Contra o "*tabacazo*" não há outro remédio senão dormir.

— De qualquer maneira — argumentou Rubio — Não é possível deixá-la assim, no chão... Não lhe parece, *mister* Taik?

— Oh, sim, sim! — dizia o gerente, fumando seu cachimbo.

Leônidas Benites se aproximou de Graciela, seguido pelos demais. A morena jazia no chão, imóvel, desgrenhada, com as saias em desordem e meio dobradas. Chamaram por ela, sacudiram-na com força e não deu sinais de despertar. Trouxeram uma vela. Voltaram a chamá-la. Nada. Continuava imóvel. José Marino encostou o ouvido no peito da moça e os outros esperaram em silêncio.

— Caralho! — exclamou o comerciante, levantando-se — Está morta!...

— Morta? — perguntaram todos, estupefatos —. Não fale besteira! Impossível!

— Sim — repetiu em tom despreocupado o amante de Graciela —. Está morta, e nos divertimos.

Mister Taik disse então em voz baixa e severa:

— Bom. Que ninguém diga nada. Estão ouvindo? Nem uma palavra! Agora é preciso levá-la para casa. É preciso dizer às suas irmãs que teve um ataque, e que a deixem dormir. Amanhã, quando a encontrarem morta, estará tudo certo...

Todos concordaram, assim foi feito.

Às dez da noite, José Marino montou a cavalo e partiu para Colca. Dois dias depois, Graciela foi enterrada. Na primeira fila do cortejo fúnebre, seguia o comissário de Quivilca, acompanhado de Zavala, Rubio, Machuca e Benites. Cucho, o sobrinho do amante da morta, seguia o cortejo de longe.

Todos eles voltaram tranquilos do cemitério, conversando com toda normalidade. Só Leônidas Benites estava pensativo. O agrimensor era o único dos que estavam no empório que demonstrava pesar e certo remorso pela morte de Graciela. Benites tinha consciência que a morte de Graciela não fora natural. Na verdade, ele não viu nada do que ocorreu na escuridão, já que estava dormindo profundamente; mas suspeitava de tudo, ainda que de uma maneira obscura e dúbia. Após voltar do enterro, Benites se encerrou em seu quarto, arrependido da cena no empório, algo com o qual não estava acostumado e que o repugnava, deitou-se em sua cama para refletir. Depois acabou adormecendo.

Na tarde desse mesmo dia, se apresentaram no escritório do gerente da *Mining Society*, *mister* Taik, as irmãs da morta, Teresa e Albina. Estavam chorando. Outras duas índias, vendedoras de *chicha*, também, como as Rosadas, as acompanhavam. Albina e Teresa, solicitaram uma audiência com o patrão e, após esperarem, estavam diante do gringo, acompanhado pelo seu conterrâneo, o subgerente *mister* Weiss. Ambos fumavam cachimbo.

— O que desejam? — perguntou em tom seco, *mister* Taik.

— Senhor — disse Teresa chorando —, vimos porque todos estão falando em Quivilca que Graciela foi assassinada e não teve morte natural. Estão dizendo que ela foi embriagada no empório. Foi por isso. E que o senhor, patrãozinho, pode nos ajudar a fazer justiça. Como podem matar uma pobre mulher e que fique por isso...

O pranto não a deixou continuar.

Mister Taik se apressou a contestar, já agastado:

— Quem disse isso?

— Todos, senhor, todos...

— Vocês foram se queixar ao comissário?

— Sim, patrão. Ele nos disse que isso era falatório, nada mais, não era verdade.

— Então, se o senhor comissário lhes disse isso, por que estão vindo aqui, continuam a acreditar em besteiras? Deixem-se disso, voltem para casa tranquilas. Morte é morte, o resto são necessidades e choradeiras inúteis... Podem ir, vão lá! — acrescentou paternalmente *mister* Taik, dispondo-se também a sair.

— Podem ir — repetiu em tom protetor, *mister* Weiss, tragando seu cachimbo e andando —. Não liguem para estas asneiras. Vão. Não estamos para cantilenas e bobagens. Façam favor...

Os dois patrões, cheios de decoro e despotismo, indicaram a porta às Rosadas, mas Teresa e Albina, parando de chorar, exclamaram, por sua vez, furiosas:

— Só porque são patrões! Por isso fazem o que querem, e nos deixam assim, porque viemos aqui reclamar! Mataram Graciela! Ela foi morta! Morta!...

Veio um empregado e as empurrou para saírem. As duas jovens se afastaram sob protestos e chorando, seguidas por outras duas vendedoras de *chicha*, que também protestavam em lágrimas.

II

José Marino fora até Colca a negócios. Nesta cidade tinha outro empório, que era dirigido por seu irmão menor, Mateo. Os irmãos Marino tinham aí uma sede de agenciamento de trabalhadores para as minas de Quivilca. Em suma, a firma Marino & Irmãos consistia, uma parte, nos empórios de Colca e Quivilca; por outra, no recrutamento de trabalhadores para a *Mining Society*.

A *Mining Society* celebrou um contrato com a firma Marino & Irmãos, cujas condições principais eram as seguintes: "Marino & Irmãos têm a exclusividade de abastecimento, venda de víveres e mercadorias destinados à população mineira de Quivilca, além de facilitar a contratação e o destrato de trabalhadores. Dessa maneira, Marino & Irmãos se constituem os intermediários, por um lado, como verdadeiros patrões dos trabalhadores, por outro, como agentes ou instrumentos a serviço da empresa norte-americana."

Este contrato com a *Mining Society* estava enriquecendo os irmãos Marino, com uma rapidez impressionante. De simples pequenos comerciantes de Colca, antes de descobrirem as minas de Quivilca, tinham se transformado em grandes homens das finanças, cujos nomes começavam a ficar conhecidos no centro do Peru. Só o movimento de mercadorias dos seus empórios de Colca e Quivilca, representava um capital respeitável. No momento em que José Marino chegava a Colca, após o alvoroço sobre a morte de Graciela, no empório de Quivilca, Marino & Irmãos iam decidir sobre a compra de jazidas de ouro encontradas numa gruta de Huataca. Era este o motivo da viagem de José Marino a Colca.

Mas no mesmo dia de sua chegada, após o jantar, a atenção dos irmãos Marino durante uma longa conversa foi atraída para questões sobre a angariação de trabalhadores para Quivilca. Antes da sua partida, José Marino conversou sobre isso com *mister* Taik. A sede da *Mining Society*, em Nova Iorque, exigia o aumento da extração de tungstênio em todas as explorações do Peru e Bolívia. O sindicato mineiro chamou a atenção para a iminência da entrada dos Estados Unidos na guerra europeia e, por sua vez, a necessidade de a empresa aumentar o seu estoque do metal, pronto para ser transportado sob uma ordem telegráfica de Nova Iorque, direto aos estaleiros e fábricas de armas dos Estados Unidos. *Mister* Taik havia dito secamente a José Marino:

— Em um mês, você tem que arranjar mais cem trabalhadores para as minas...

— Assim farei, *mister* Taik, logo que puder — respondeu Marino.

— Ah, não! Não fale assim. Você *tem* que fazer. Para um homem de negócios, não existe nada impossível...

— Mas *mister* Taik, lembre-se que agora está muito difícil recrutar trabalhadores de Colca. Os índios já não querem vir. Dizem que é muito longe. Exigem melhores salários, querem trazer as famílias. O entusiasmo dos primeiros tempos já passou...

Mister Taik, sentado rígido em seu escritório, depois de dar uma cachimbada, interrompeu as argumentações de José Marino, falando de maneira afirmativa e implacável:

— Bem, bem. Serão mais cem trabalhadores, dentro de um mês. Sem falta.

Mister Taik saiu solenemente do seu escritório. José Marino, caviloso e vencido, seguiu-o alguns passos. Mas um diálogo assim — diga-se de passagem —, longe de esfriar a amizade entre ambos, se isso era amizade, abonou-a ainda mais. José Marino voltou para o empório, a primeira coisa que pensou foi chamar *mister* Taik, através de um amigo, o contador Machuca, para uma reunião de despedida.

— Chame *mister* Taik e *mister* Weiss.

— Vai ser difícil.

— Não, homem. Vá lá, e traga-os. Faça isso como uma coisa sua, e não percebam que estou por trás do convite. Diga que vão ficar por pouco tempo.

— É impossível. Os gringos estão trabalhando. Você sabe que eles vêm aqui só à tarde.

— Não homem, vá lá, vá logo, meu querido contador. Além do mais, daqui a pouco já será hora do almoço...

Machuca foi, conseguiu trazer os gringos. José Marino se desfez em gentilezas e atenção para *mister* Taik, o que não modificou, naturalmente, em nada as exigências da *Mining Society* sobre o tungstênio destinado aos Estados Unidos para a guerra mundial.

— Já no empório — José Marino falou ao seu irmão, em Colca —, tornei a falar com o gringo sobre o assunto, ele voltou a dizer que não era ideia sua, tinha que cumprir ordens, para seu pesar.

— Mas então — argumentava Mateo —, o que vamos fazer agora? Em Quivilca mesmo, ou nos arredores, não será possível encontrar índios selvagens. E os soras?

— Os soras! — disse José, desiludido. — Os soras? Há anos que os levamos para as minas e sempre desapareceram. São índios brutos e selvagens! Todos eles morreram em desabamentos, como são estúpidos, não sabem conduzir as máquinas...

— Então? — voltou a perguntar angustiado Mateo —. O que vamos fazer?

— Quantos trabalhadores há? — perguntou por sua vez José.

Mateo, folheando os livros e as contratações, dizia:

— Há 23, que deveriam ter partido para Quivilca este mês, antes do dia 20.

— Chamou-os, o que eles disseram?

— Vi alguns, uns nove, duas semanas atrás. Eles me prometeram ir para Quivilca no fim da semana passada. Se não tiverem ido, terei que os ver novamente e obrigá-los a ir.

— O subprefeito está aqui?

— Sim, está aqui neste exato momento.

— Bom, então vamos ter que lhe requisitar os soldados, amanhã mesmo, para buscar os *cholos* de imediato. Onde vivem? Vê nas anotações...

Mateo olhou mais uma vez os papéis verificando, um por um, os nomes dos trabalhadores contratados e seus endereços. Disse em seguida:

— Cruz, Pio, o velho Grados e o *cholo* Laurêncio, podemos visitá-los amanhã. De Chocoda se pode ir para Conca, depois Conguay, num só tiro...

José retrucou em seguida:

— Não, não. Temos que encontrá-los logo, todos os nove, mesmo que seja noite ou madrugada...

— Bom, sim. Certamente. Claro que podemos. Damos um *sol* a cada soldado, aos outros uns piscos, coca, cigarros e já está...

— Claro, claro! — exclamou José, em tom decidido.

Ambos andavam pelo quarto, calçados com botas amarelas, um grande lenço de seda no pescoço, vestidos com roupa de tecido barato. Os irmãos Marino eram oriundos de Mollendo. Há doze anos se estabeleceram na serra, começando a trabalhar em Colca, numa pequena loja, situada na rua do Comércio, onde ambos viviam e comercializavam vários artigos de primeira necessidade: açúcar, sabão, querosene, *ají*, *chancaca*[1], arroz, velas, macarrão, chá, chocolate, e rum. Com que dinheiro começaram a trabalhar? Na verdade, ninguém sabia com precisão. Dizia-se que, em Mollendo, trabalharam como carregadores na estação de trem, aí juntaram quatrocentos *soles*, todo o capital que levaram para a serra. Quando e como passaram da conduta ou do contexto moral de proletários para a condição de burgueses ou comerciantes? Por acaso continuaram — já como proprietários de um negócio em Colca — a ser nas profundezas sociais do seu espírito, os antigos trabalhadores de Mollendo? Os irmãos Marino saltaram de classe social numa noite de 1909. A metamorfose foi patética. O fato foi cruel, colorido e quase geométrico, à semelhança de certos espetáculos de circos.

Foi no dia do santo padroeiro de Colca, os Marino foram convidados, entre outras figuras, para jantar com o prefeito. Era a primeira vez que recebiam convite para um evento da sociedade local. O convite distinto veio de forma tão inesperada que os Marino, num primeiro momento, riram num êxtase meio animal e dramático, porque nenhum deles imaginava estar em tal acontecimento.

[1] Doce em forma de tablete, semelhante ao pé de moleque, feito de melaço de cana ou açúcar e amendoim; também pode ser feito com mel, açúcar mascavo e pasta de trigo tostado.

Nem José, tampouco Mateo, queriam ir ao banquete, pela vergonha de estar entre aristocratas. Seus pulmões proletários não suportariam ar semelhante. Discutiram por causa disso. José dizia a Mateo que ele fosse à festa e vice-versa. Decidiram tudo jogando cara ou coroa. Mateo foi ao banquete do prefeito. Vestiu um casaco de caxemira, um chapéu de feltro, camisa com gola e punhos de plástico, gravata e sapatos novos de couro. Mateo se sentia elegante, tinha a sensação de ser um burguês, os sapatos começando a se ajustar e a doer-lhe nos pés. Era a primeira vez que usava, não tinha outro par digno daquela noite. Mateo disse então, sentando-se em seguida com uma terrível expressão de dor:

— Eu não vou, dói muito, não consigo andar...

José insistiu:

— Não vê que é o prefeito! Vai ter a honra de jantar com a família dele! O subprefeito, doutores, os melhores de Colca! Anda, não seja tonto! Não vê que se for ao banquete, vão nos convidar sempre para todos os eventos, o juiz, o médico, até o deputado quando vier. Seremos considerados depois como uma das pessoas ilustres de Colca. Tudo depende desta noite, vai ver. Basta entrar nesse círculo, o resto virá: fortuna, reputação. Estabelecendo boas relações, conseguiremos tudo. Até quando seremos só trabalhadores, sem merecermos respeito?...

Fazia-se tarde, a hora do banquete se aproximava. Após muita insistência de José, Mateo, ultrapassando a dor causada pelos sapatos, encarou o desafio de ir à festa. Ele sofria muito. Foi, mas sem evitar mancar. Ao entrar no salão do prefeito, entre a multidão de curiosos do povoado, tropeçou em algo com o pé que mais machucava. Quase dá um salto de dor, no preciso instante em que a mulher do prefeito surgia para recebê-lo à porta. Mateo Marino se transformou naquele instante, sem se dar conta, ultrapassando tudo, fez a genuflexão mundana, improvisada e irrepreensível. Mateo saudou-a com perfeita correção:

— Senhora, é uma honra!...

Segurou a mão da mulher do prefeito e procurou um assento, com passo firme, desenvolto, quase inflexível. A ponte da história, o arco entre classes, fora salvo. Dias depois a mulher do prefeito dizia ao seu marido:

— Marino é um encanto! Vamos sempre convidá-lo.

Em Colca, os Marino não tinham tanta família como em Cucho. Mateo tivera um filho com uma *chichera*[2] que fugiu para a costa com o amante. Ele vivia agora numa grande casa que se comunicava com o empório, ambos — a casa e o empreendimento — eram propriedade da firma Marino & Irmãos. Estavam aí, numa das habitações, discutindo sobre seus negócios e projetos.

[2] Vendedora de chicha.

— Como ficaram as coisas em Quivilca? — perguntou mais tarde Mateo a seu irmão.

— Assim, assim... os gringos são terríveis. *Mister* Taik, sobretudo, não se casa nem com a avó. Que homem! Ele me considera bastante.

— Porém, meu irmão, é preciso saber agarrá-lo...

— Agarrá-lo, agarrá-lo! — repetiu José com sarcasmo e ceticismo —. Pensa que já não imaginei mil maneiras para agarrá-lo?... Os dois gringos são uns estúpidos. Quase todos os dias faço-os vir ao empório, com a ajuda de Machuca, Rubio e Baldazari. Chegam, bebem. Sempre os estimulo, arranjo-lhes mulher. Vamos aos acampamentos dos trabalhadores. Convido-os para almoçar. Enfim... sirvo-lhes até como alcoviteiro...

— Isso, é preciso fazer isso!

— Sabes o que meti na cabeça de *mister* Taik — disse José rindo —. Como sei que é um mulherengo demoníaco, disse-lhe que a mulher de Rubio gosta dele. Falei no dia em que viajei, porque como tinha acabado de me foder com a questão dos trabalhadores, quis adulá-lo assim, com a intenção de acalmá-lo e retirasse a exigência dos cem trabalhadores para este mês...

— E resultou?

— Nada. O gringo ficou rindo como um idiota. Além do mais, quando me ouvia, se deu conta de Rubio. Depois pensei em embebedá-lo, mas também não adiantou. Por fim, chamei Baldazari, lhe disse que encontrasse uma maneira de resolver o assunto. Não houve forma de agarrá-lo. Baldazari se fez de idiota. Não consegui nada.

— Mas é verdade que a mulher de Rubio está apaixonada por ele, ou inventou isso?

— Qual apaixonada! Inventei isso para ver se resultava. Se o gringo se entusiasmasse pela mulher de Rubio, e ele não fizesse vista grossa. Sabe como Rubio é, para conseguir algo, vende até a mulher...

— Bom, vou dormir — disse Mateo —. É preciso dormir já. Está cansado e amanhã temos muito o que fazer... Laura! — gritou, parando na porta do quarto.

— Já estou indo, senhor! — respondeu Laura da cozinha.

Laura era uma índia morena e jovem, vinda da *puna* aos oito anos, e vendida por seu pai, um lavrador miserável, ao cura de Colca; por sua vez, passou para o pároco de uma antiga fazendeira de Sonta, logo seduzida e raptada por Mateo Marino. Laura desempenhava na cada de Marino & Irmãos, a tarefa múltipla de cozinheira, lavadeira, governanta, servente e amante de Mateo. Quando José vinha de Quivilca, para passar alguns dias em Colca, Laura também se deitava com ele, às escondidas de Mateo. Ele suspeitava, mas a suspeita se transformou em certeza. O jogo de Laura não parecia incomodar Marino & Irmãos. Pelo contrário, os braços da criada pareciam uni-los, estreitando-os profundamente. O que poderia provocar a discórdia, com Marino & Irmãos avivou a fraternidade.

Quando Laura entrou no quarto onde estavam os Marino, eles a observaram longamente: José, com desejo, e Mateo com cautela. Enquanto Laura servia a comida, quase não fizeram caso da mulher, tão absorvidos estavam nos negócios. Mas agora que o sono vinha, se aproximava a hora de ir para a cama, Laura despertou a viva atenção em Marino & Irmãos.

— A cama de José já está pronta?

— Já, senhor — respondeu Laura.

— Certo. Deu comida ao cavalo?

— Sim, senhor, dei-lhe um terço de alfafa.

— Certo. Mais tarde, quando esfriar, tira a sela e dê mais alfafa.

— Certo, senhor.

— E logo cedo, vai chamar Lucas, o caolho, diz-lhe para trazer-me a mula negra. Sem falta, porque preciso ir até o sítio...

— Muito bem, senhor. Não precisa de mais nada?

— Não, pode ir se deitar.

Laura fez um gesto de submissão.

— Boa noite, senhores — disse, saindo com a cabeça baixa.

Os irmãos Marino olharam o corpo esbelto e robusto de Laura, que se distanciava entre passos tímidos, as saias roxas cobriam-lhe até os tornozelos, a cintura cadenciosa e justa, os ombros altos, o cabelo negro, com tranças leves, um porte sedutor.

As camas de José e Mateo ficavam no mesmo quarto. Após deitarem, apagada a vela, reinou o completo silêncio na casa. Nenhum deles tinha sono, mas ambos fingiram dormir. Cavilavam novos negócios? Não. Pensavam em Laura, que agora estava fazendo sua cama na cozinha. Ouviram-se os passos da mulher. Depois, um leve ruído do colchão de palha se desdobrando. Em seguida, Laura começou a remendar um sapato. No que pensava Laura? Em desencilhar o cavalo e dar-lhe mais comida? Não. Laura pensava em Marino & Irmãos.

Laura tendo vivido a infância no interior, havia se educado um pouco, adquirindo muitos costumes e preocupações de jovem interiorana. Sabia ler e escrever. Com o pouco que Mateo lhe dava, comprava secretamente brincos, lenços e meias de algodão. Um dia comprou um anel de cobre e sapatos de salto. Num ou noutro domingo ia à missa, bem cedo, antes que seu patrão e amante se levantasse; Laura se impregnara de um erotismo vago e sonhador. Tinha vinte anos. Alguma vez desejara um homem? Nunca. Mas quis desejar. Sentia um ódio dissimulado pelo patrão, um encanto amordaçado pelo sentimento de vaidade em aparecer como a amante do senhor Mateo Marino, uma das figuras mais eminentes de Colca. Porém, o ódio existia. No íntimo, Laura sentia repugnância pelo patrão, quarentão corado, meio viscoso, tosco, sujo e tão avaro como seu irmão que, por outro lado, tampouco sentia o menor afeto pela cozinheira. Quando havia gente em casa de Marino & Irmãos, Mateo ostentava um desprezo impiedoso e ultrajante por Laura, para que ninguém imaginasse o que todos sabiam: que era sua amante. E isso feria profundamente Laura.

Com José eram outras relações. Como ele não a podia possuir à força e às claras, já que estava com seu irmão, venceu isso e refreava-a com astúcia e ardis. José a fez entender que Mateo era um idiota, que não a queria e faria com ela como com a mãe de Cucho: a submeteria à miséria, obrigando-a fugir com o primeiro que encontrasse. Por outro lado, ele lhe disse que a amava muito e iria assumi-la quando Mateo a deixasse. Ademais, José, ao contrário de Mateo — que nunca dera esperanças a Laura — lhe prometia sempre dinheiro, porém, na verdade, nunca lhe oferecera nada. Resumindo, José sabia enganá-la, mostrando-se apaixonado, coisa que Laura nunca vira em Mateo. O próprio gênero de relações culpáveis que os unia, também instigava, de um lado, José, por não se mostrar seco e bruto com o irmão; de outro, Laura — a mulher, enfim — que sustentava e prolongava de maneira indefinida o jogo entre Marino & Irmãos. Havia nisto, por parte de Laura, muito de vingança pelo desprezo de Mateo. Contudo, e analisando em conjunto, Laura tampouco amava José Marino. Por outro lado, ela não entendia e no fundo detestava os irmãos. Mas, em todo caso, sentia que aquilo que havia entre ela e José era algo inconsistente, difuso, frágil, insípido. Muitas vezes, pensando nessas coisas, Laura se dava conta que não sentia nada por esse homem. E quanto mais pensava, percebia, por fim, que o odiava...

Laura refletia sobre isso, enquanto remendava um sapato.

Em suas camas, os irmãos Marino ponderavam. José desejava Laura; Mateo, com certo mal-estar, pensava em Laura e José. Este queria ir até a cozinha. O outro não queria que José fosse até lá. José esperava que o irmão adormecesse. Embora estivesse convencido de que sabia de tudo, ele também estava convicto de que Mateo se faria de desentendido e mais cedo ou mais tarde dormiria. As suposições de José não correspondiam à realidade do pensamento e da vontade do irmão. Pela primeira vez, nesta noite, Mateo sentia uma espécie de zelo vago e impreciso. Na verdade, ficava magoado com José por ele ir à cozinha. Por que? Porque isso acontecia esta noite, não noutras vezes?...

Decorreu um longo tempo, com tais coisas nas cabeças de Laura e na dupla cabeça de Marino & Irmãos. Logo ouviram Laura sair para desencilhar o cavalo e dar-lhe a terceira parte de alfafa. O ruído dos seus passos era brando, leve e voluptuoso, pois Laura estava com chinelos de lã. Ao ouvi-la, o anseio se ateou em José, que começou a salivar, sem conseguir evitar. Mateo ouviu o seu irmão, teve certeza de que ele se revelava e o ressentimento se avivou.

Laura voltou para a cozinha e fechou a porta. Os irmãos Marino estremeceram. O que significava aquela maneira brusca de fechar a porta? José disse a si mesmo que era um sinal tácito, com o qual Laura queria indicar que pensava nele, e que a noite era propícia para o idílio. Mateo duvidava do que José pensava sobre isso, pensando que com a batida da porta, Laura tratava, por outro lado, de dar a entender a Mateo sua decisão inalterável de lhe manter a fidelidade. Mas José já não conseguia conter seus instintos. Se virou violentamente na cama. Depois ouviu o barulho do colchão de palha, quando o corpo jovem da cozinheira caiu, se estendendo nele. O desejo possuiu por igual a ambos os homens. Os leitos se tornaram uma fogueira. Os lençóis se misturaram obstinadamente. A atmosfera do quarto se encheu de imagens... José e Mateo Marino de viraram de costas um para o outro, sem o saber...

Mateo saltou de repente da sua cama, e José, ao ouvi-lo, sentiu subir-lhe o sangue. Onde ele iria? Um ciúme animal possuiu José. Mateo abriu suavemente a porta e saiu descalço pelo corredor. Sabia que seu irmão estava ouvindo tudo, mas ele era, ao fim e ao cabo, o dono oficial dessa mulher, o desejo havia-o transtornado. José ouviu logo Mateo bater na porta da cozinha, ato que Laura reconhecia ser do seu amante de todos os dias. A raiva fazia José ranger os dentes, de pé, com a orelha encostada à porta do dormitório fraternal. Laura ia abrir? Ela vacilou um pouco antes de descerrar a porta. Até ele duvidou se Laura o receberia. Mas, por fim, triunfou sobre a cozinheira o sentimento de submissão ao patrão e amante. Quando Laura começou a se levantar lentamente do colchão, na ponta dos pés, entre a escuridão, Mateo, em quem a demora o fazia inflamar, toldando a sua consciência, voltou a bater na porta, desta vez ruidosamente. Laura tropeçou no batente da cozinha e se ouviu um barulho no chão. Depois a porta se abriu e Mateo, tremendo de ansiedade, entrou. José se apercebera de toda a cena, até os mínimos detalhes, e voltou para sua cama. A dor da sua carne sedenta, a ideia sobre o que se passava nesses instantes entre Laura e seu irmão faziam-no se retorcer de angústia entre os lençóis, lhe arrancavam rugidos abafados de besta envenenada.

Tudo o que sucedeu na cozinha foi no chão. Laura tropeçou e caiu junto ao batente, machucando a mão, o ombro e o quadril. Gemia em silêncio, a mão sangrava. Mas nada disso atenuou os instintos de Mateo. No início, segurou a mão, acariciando-a e lambendo o sangue. Pouco depois, afastou bruscamente a mão ferida de Laura, conforme o costume, com a respiração ofegante de animal aflito. Nem Laura nem Mateo haviam pronunciado qualquer palavra nesta cena. Ele se levantou, retirando-se e fechou a porta. Parou no corredor, urinou por alguns minutos. José sentiu que uma onda de calor intenso percorria os seus membros, puxou os cobertores e tapou até a cabeça. Mateo entrou no quarto, pelas costas largas de José descia um suor quente e quase cáustico.

Laura ficou no chão, chorando. Tentou se levantar, mas não conseguiu. Seu quadril doía, como se estivesse quebrado.

Já em sua cama, Mateo sentiu frio. Segundo seus cálculos, e mesmo que José mostrasse algum sinal de estar dormindo, ele achava que não dormia. José iria insistir em ir até a cozinha? Era bem provável. Sim, José queria sempre ir à cozinha. Mas Mateo já não se preocupava com o irmão. Imaginando José nos braços de Laura, não se incomodava com isso. Um torpor espesso, irresistível, começou a invadi-lo, quando José abriu seu turno, e fechava a porta, o irmão já não ouviu, pois roncava profundamente.

José empurrou a porta da cozinha com força e entrou. Laura se reavivou, apesar das suas dores.

Tateando, José procurou-a na escuridão e a encontrou. Sua mão ávida e suada caiu como uma aranha gorda no seio quase nu da cozinheira, roubando um suspiro. Um beijo forte e longo uniu os lábios umedecidos ainda pelas lágrimas de Laura e a boca velha e encrespada de José. Laura desejava, pois, José? Não. Qualquer outro homem, que não fosse Mateo, teria provocado nela reação idêntica. O que bastaria para Laura reagir assim era outro contato que não fosse o conhecido, estúpido e cotidiano do patrão. Se este novo contato vinha, além do mais, apaixonado, carinhoso e, o mais importante, envolto em sombras de proibição, isso explicava por que Laura acolhia José Marino de maneira distinta de Mateo Marino. Laura, a camponesa — já o falamos —, adquirira muitas maneiras de conduta de jovem aldeã. Entre outras, o gosto em pecar.

José ao entrar, e já nos braços da cozinheira, sentiu exalar do corpo dela uma emanação brusca e perturbadora. Sentiu uma imprecisão estranha, permanecendo imóvel por um instante. Que odor era esse — metade da mulher e o outro desconhecido — que chegava ao seu olfato, desconcertando-o? De onde vinha? Era o odor de Laura e somente dela? José pensou de imediato em seu irmão. Um calafrio de pudor — um pudor profundo, humano e atormentado — o conquistou. Sim, Mateo acabara de passar por ali. Os seus instintos viris retrocederam, como retrocede ou resvala um potro à beira do precipício. Mas isso durou alguns segundos, o animal caído voltou a parar e, desatento e cego, continuou seu caminho.

Não esqueçamos que José não fazia mais do que ludibriar Laura, as carícias ou as promessas terminavam logo que saciados seus instintos, e compreender-se-á facilmente por que José se distanciava de Laura, minutos depois, dizendo-lhe com desdém, em voz baixa:

— Esperei por isso horas inteiras...

— Mas, ouça bem, dom José! — lhe dizia Laura, suplicante —. Não se vá, que vou lhe dizer uma coisa.

José, incomodando-se e um pouco distante da cozinheira, respondeu:

— Que coisa?

— Acho que estou grávida...

— Grávida? Não chateia! — disse José com riso brincalhão.

— Sim, dom José, sim. Eu sei que estou grávida.

— Como sabe?

— Porque vomito todos os dias de manhã...

— Desde quando acha que está grávida?

— Não sei, mas tenho certeza.

— Ah! — resmungou José Marino, irritado —. Isso é mentira! E o que Mateo falou sobre isso?

— Eu não lhe disse nada.

— Não lhe disse nada? E por que não?

Laura ficou em silêncio. José falou novamente:

— Responde, por que não falou para ele?

Este *ele* soou e ergueu entre José e Laura como que uma parede divisória entre os dois leitos. Laura e José conheciam bem o conteúdo desta palavra. Este *ele* era para o suposto pai, e José dizia *ele* se referindo a Mateo, enquanto que para Laura este *ele* não era precisamente Mateo, mas dom José. Por isso, a cozinheira manteve o silêncio mais uma vez.

— Isso é mentira! — disse José, se aprontando para ir embora.

— Sim, porque eu não estou grávida do seu irmão, mas de você...

José riu na escuridão, zombando:

— De mim? Grávida de mim? Quer atribuir a mim a responsabilidade do meu irmão?...

— Sim, sim! Dom José, estou grávida de você! Eu sei, eu sei!...

Um soluço a calou, José argumentava:

— Mas se eu não estive contigo há mais de um mês...

— Sim, sim, sim!... Foi a última vez, a última vez...

— Mas como vai saber!... se muitas vezes, na mesma noite, dormiu comigo e com Mateo?

Neste momento, Laura sentiu que algo a incomodava. Era o suor? A posição em que estava seu corpo? Suas luxações? Mudou de posição, algo resvalou pelo sulco mais profundo de sua carne... Nesse instante, uma dúvida compacta atravessou seu coração, tenebrosa, imensa. Com efeito, como iria saber qual dos dois Marino era o pai do seu filho? Agora mesmo, ela sentia obscuramente gravitar e se agitar em suas entranhas de mulher os dois sangues dos homens, misturados e indistintos. Como diferenciá-los?

— Como vamos saber? — repetia José de maneira imperiosa.

Laura ia responder um disparate, mas se conteve. Não, o filho não podia ser dos dois irmãos Marino. Um filho tem sempre um só pai. A cozinheira, se sentindo no cume da sua incerteza, lançou um soluço profundo e comovente. José saiu e fechou a porta silenciosamente.

***

No dia seguinte, às dez da manhã, os irmãos Marino foram ver o subprefeito Luna, para tratar sobre o assunto dos trabalhadores. Quando chegaram à subprefeitura, Luna acabara de se barbear.

— Antes de tudo — disse o velho subprefeito, em tom caloroso — vocês vão provar algo ótimo...

Trouxe de outro aposento uma garrafa e copos, acrescentando meio entusiasmado:

— Adivinhem de onde veio...

— Do chinês Chang?

— Não, senhor — falou Luna, servindo o pisco.

— Da velha Mônica?

— Também não.

— Da casa do Juiz?

— Muito menos.

José tomou o primeiro gole do copo, saboreando:

— É do cura Velarde?...

— Isso!

— É magnífico!

— Formidável!

— Muito bom!

No terceiro copo, Mateo disse ao subprefeito:

— Precisamos, caro subprefeito, dos soldados.

— Para quê, homem?... — respondeu num tom brincalhão e meio bêbado, o velho Luna —. Em quem vão meter bala?...

José declarou:

— É para ver uns trabalhadores que fugiram. O que você queria! A *Mining Society* nos obriga a contratar mais cem trabalhadores para as minas, dentro de um mês. O escritório de Nova Iorque exige mais tungstênio. Os *cholos* que têm nos socorrido, se recusam a cumprir os contratos e irem para Quivilca.

O subprefeito ficou sério, argumentando:

— O problema é que não disponho de soldados. Os poucos que tenho, não dão para pegar os recrutados. Eu também, como vocês sabem, estou em apuros. O prefeito me obriga a enviar-lhe no primeiro dia do próximo mês, pelo menos uns cinco recrutas. E os *cholos* viraram fumaça... — disse, virando-se para a porta da sua sala, que dava para a praça e gritou:

— Anticona!...

— Senhor! — respondeu um soldado, aparecendo no mesmo instante, pondo-se de sentido e fazendo a saudação militar da porta.

— Os soldados saíram para pegar os recrutados?

— Sim, senhor.

— A que horas?

— À uma da manhã, senhor.

— Quantos saíram?

— O sargento e três guardas, senhor.

— Quantos soldados há no quartel?

— Dois, senhor.

— Estão vendo! — disse o subprefeito, virando-se para Marino & Irmãos —. Tenho os mais valorosos para o trabalho. Só os mais valorosos. Isto é uma piada! Os próprios soldados são uns coxos. Não querem me ajudar. São uns bêbados, uns preguiçosos. Desde que me tragam os recrutados, prometi promoções e prêmios, dei-lhes pisco, coca e cigarros. Além disso, autorizei-os a fazer o que quiserem com os índios. Chicote ou sabre, não importa! O que importa é que tragam trabalhadores, sem reparar em nada, sem contemplações...

Luna assumiu uma expressão cruel de causar calafrios. O ordenança Anticona voltou a fazer continência e se retirou, com a vênia do subprefeito que andava, pensativo e carrancudo, e Marino & Irmãos que estavam de pé, preocupados.

— A que horas voltarão os soldados com os recrutados? — perguntou José.

— Suponho que à tarde, entre às quatro ou cinco.

— Bom, então os soldados podem ir conosco ver os trabalhadores, à noite, entre oito ou nove.

— Então? — disse José contrariado —. Como a *Mining Society* está exigindo...

— Doutra maneira — acrescentou Mateo —, se não nos arranjar os soldados que precisamos, será completamente impossível realizar o pedido da empresa.

No Peru, particularmente na serra, os operários fazem seus patrões cumprirem seus contratos civis, valendo-se da polícia. A dívida do operário é coercível pela força armada, como se tratasse de um delito. Contudo, quando um operário se "socorre", quer dizer, quando vende seu trabalho, comprometendo-se a entregá-lo numa data mais ou menos fixa às indústrias nacionais ou estrangeiras, e não consegue cumprir com o acordo estipulado, é perseguido pelas autoridades como um criminoso. Uma vez capturado, sem nenhuma defesa da sua parte, é obrigado à força a prestar os serviços prometidos. É, em poucas palavras, o sistema de trabalhos forçados.

— Enfim — reiterou o subprefeito, em tom conciliador —. Já veremos o modo de nos acertarmos e conciliar os interesses. Já veremos, temos tempo...

Os irmãos Marino resmungaram com despeito numa só voz:

— Muito bem, perfeitamente...

O subprefeito tirou o relógio:

— São onze e quinze! — exclamou —. Às onze, temos a sessão da Junta Recrutadora Militar...

E, neste instante preciso, começaram a chegar ao escritório da subprefeitura os membros da Junta. O primeiro foi o prefeito Parga, um antigo mercenário de Cáceres, muito velho, encurvado, astuto e ladrão empedernido. Depois chegaram juntos o juiz de primeira instância, dr. Ortega, o médico provincial, dr. Riaño, o morador mais notável de Colca, Iglesias, o negociante mais rico da localidade. O doutor Ortega sofria com furúnculos permanentes, natural de Lima, vivia em Colca há dez anos como juiz. Contava-se uma história macabra sobre ele. Teve uma amante, Domitila, por quem se apaixonou perdidamente. Mas Domitila morrera há um ano. As pessoas falavam que o dr. Ortega não conseguia esquecer Domitila. Uma noite, semanas após o enterro, o juiz foi ao cemitério, oculto e disfarçado, e exumou o cadáver. Dois homens de sua confiança acompanharam o ato. Eram dois litigantes de um grave processo criminal, a favor dos quais determinara depois o juiz, e o pagamento dos seus serviços se efetuou nesta noite. Mas por qual motivo o dr. Ortega fez semelhante exumação? Diziam que, depois de tirarem o cadáver, o juiz ordenou aos homens que se afastassem e ficou a sós com Domitila.

Dizem também que o ato solitário — que ninguém viu, mas sobre o qual falavam — que o dr. Ortega praticara com o corpo da morta algo horrível, assombroso... Era verdade? Era crível? Desde a morte de Domitila, o juiz se tornou taciturno, misterioso e, mais curioso ainda, estranho e inquieto. Saía pouco. Diziam que agora vivia com Genoveva, a irmã mais jovem de Domitila. Que complexo freudiano, que realidade mórbida a vida desse homem escondia? Barbudo, meio coxo, com uma blusa de algodão, um lenço no pescoço, um poncho discreto, quando passava pela rua ou assistia um ato oficial, olhava vagamente através de seus óculos. As pessoas sentiam, quando o viam, um mal-estar sutil e insuportável. Alguns tapavam os narizes.

O médico Riaño era novo em Colca. Jovem, de uns trinta anos, segundo falavam, de família respeitável de Ica, era elegante, falava bem e com vivacidade. Declarava-se com frequência um idealista, um patriota ardente, ainda que, no fundo, não escondesse um arrivismo exacerbado. Solteiro e dançarino, gostava muito das jovens da localidade.

Quanto ao velho Iglesias, sua biografia era simples: as quatro quintas partes das casas urbanas de Colca lhe pertenciam. Além do mais, tinha uma fazenda opulenta de cereais e rebanhos, "Tobal", cuja extensão era tão grande, os empregados tão numerosos, os seus ganhos enormes, que nem ele mesmo tinha consciência do que possuía. Como Iglesias conseguiu tamanha fortuna? Com a usura e às expensas dos pobres. Seus furtos foram tão ignominiosos, que chegaram fazer parte de temas de *yaravís*[3], marinheiras e danças populares:

Agora sei que te conheço
Que és o dono de Tobal
Com o suor dos pobres
Lhes tiraste o pão...
Com o suor dos pobres
Lhes tiraste o pão.

Uma família numerosa vivia em torno do *gamonal*[4]. Um dos seus filhos, o mais velho, estava terminando os estudos para ser médico em Lima, e já se anunciava sua candidatura para deputado da província.

O subprefeito Luna possuía uma executória administrativa longa e tormentosa. Capitão reformado, sedutor e jogador, era hábil a promover intrigas extraordinárias. Nunca, há mais de dez anos, lhe faltou um posto público. Deu-se sempre bem com deputados, ministros, prefeitos e senadores. Mas por causa da sua crueldade, e falta de tino, não durava muito nos cargos. Foi assim que decorreu

[3] *Yaraví* é um ritmo andino de Arequipa (Peru), caracterizado pelo tom melancólico.
[4] De "gamonalismo", sistema de poder instituído no Peru, na segunda metade do séc. XIX, e que se prolongou até os anos 70. O termo era usado para designar os ricos fazendeiros, sem origem colonial ou educação, que ampliaram seus domínios e o poder político expropriando os indígenas por meios ilícitos e violentos. O equivalente no Brasil, seria o coronelismo que persistiu durante décadas no Nordeste.

quase todo o percurso do subprefeito, comissário, chefe dos guardas, militar, etc, etc. Apenas uma coisa imprimia unidade à sua vida administrativa: os distúrbios, motins e atos sangrentos que provocou em várias partes, devido às suas intrigas, intemperanças e vícios.

Após a saída dos irmãos Marino da subprefeitura, a sessão da Junta Recrutadora Militar foi aberta. O secretário do subprefeito, Boado, leu a ata anterior, era um jovem cheio de espinhas no rosto, rouco, escrevia bem, e apaixonado. Ninguém fez nenhuma observação sobre a ata. Luna falou ao seu secretário:

— Leia o despacho.

Boado folheou várias folhas e começou a ler em voz alta:

— Um telegrama do senhor prefeito do departamento, diz assim: "Subprefeito. Colca. Requeiro contingente Sangue fim do mês indefectivelmente. (Assinado). Prefeito Ledesma".

Neste instante ouviu-se na praça o barulho da cavalaria, acompanhado de burburinho entre a multidão. O subprefeito interrompeu seu secretário:

— Esperem! Os recrutados estão chegando...

O secretário seguiu até a porta.

— Sim, são os recrutados — disse —. Mas vem muita gente com eles.

A Junta Recrutadora suspendeu a sessão, todos os membros se dirigiram à porta. Uma grande multidão vinha com os soldados e os recrutados. A maioria era de curiosos, crianças, homens e mulheres. Observavam à certa distância, com os olhos absortos, dois índios jovens — os recrutados — que avançavam a pé, amarrados pela cintura ao pescoço das cavalgaduras dos soldados montados. Atrás de cada recrutado vinha sua família chorando. O sargento se deteve perante a porta da subprefeitura, desceu do cavalo, curvou-se diante da Junta Recrutadora, e fez a continência militar:

— Trouxemos dois, senhor! — disse em voz alta e se dirigindo ao subprefeito:

— São os recrutados? — perguntou Luna, com ar severo.

— Não, senhor. Os dois são "enrolados".

Alguém voltou a perguntar ao subprefeito, que ninguém ouviu, a causa de tanto clamor da multidão. O subprefeito aumentou a voz, falando de modo imperioso:

— Quem são? Como se chamam?

— Isidoro Yépez e Braulio Conchucos, senhor.

Um velho muito fraco, coberto até as orelhas com um enorme chapéu de palha, o poncho dobrado no ombro, colete, as calças em farrapos e uma das sandálias na mão, abriu caminho entre a multidão e chegou até ao subprefeito.

— Patrãozinho! *Taita*! — falou juntando as mãos de forma lastimosa —. Solta o meu Braulio! Liberta ele, eu lhe peço, *taita*!

Outros dois índios cinquentões, vestindo ponchos e chorando, três mulheres descalças, a *lliclla*[5] presa ao peito com um espinho de cacto, vieram se ajoelhar diante dos elementos da Junta recrutadora:

— Por que, *taitas*! Por que, Isidoro! Patrãozinho, solta ele, solta ele!

As três índias — avó, mãe e irmã de Isidoro Yépez, gemiam e suplicavam ajoelhadas. O pai de Braulio Conchucos se aproximou e beijou a mão do subprefeito. Os outros dois índios — pai e tio de Isidoro Yépez — se aproximaram, colocando os seus chapéus sobre ele.

Em pouco tempo, havia uma multidão enorme diante da subprefeitura. Um dos soldados desceu do seu cavalo. Os outros dois permaneceram montados, ao lado deles estavam de pé os dois "enrolados", cada um atado à mula de um soldado. Braulio Conchucos teria uns vinte e três anos; Isidoro Yépez, uns dezoito. Ambos eram *yanaconas*[6], de Guacapongo. Era a primeira vez que vinham a Colca. Analfabetos e desligados totalmente dos fenômenos civis, econômicos e políticos de Colca, viviam, por assim dizer, fora do Estado peruano, excluídos da vida nacional. Sua relação com isso se reduzia a uns quantos serviços ou trabalhos forçados que os *yanaconas* prestavam a entidades ou

[5] Pequeno manto colorido, distinto das saias, com que as mulheres indígenas cobrem os ombros e as costas.

[6] Ou *yanakuna*, do quéchua, os espanhóis usaram o termo para se referir aos "negros", segundo a condição de servilismo que apresentavam, dos mais miseráveis na escala social.

pessoas invisíveis para eles: abrir valas de irrigação, limpar terrenos selvagens, carregar nas costas sacos de grão, pedras, ou madeira com destino ignorado, instigar as récuas de burros ou de mulas com fardos e caixas de conteúdo misterioso, conduzir as juntas e as carroças por trilhas piramidais e extensas, cuidar a noite inteira para beberem água, encilhar ou desencilhar bestas, segar alfafa e cevada, pastorear enormes varas de porcos, manadas de cavalos e bois, transportar no ombro liteiras de figuras estranhas, ricos e cruéis; descer às minas, receber tapas no nariz e pontapés na barriga, ser preso, trançar cordas ou descascar montes de batatas, presos num tronco, ter sempre fome e sede, andar quase nus, suas mulheres sendo roubadas para o prazer de patrões, e mascar uma bola de coca, umedecida com um pouco de pisco ou de *chicha*... Para depois serem recrutados, ou "enrolados", isto é, serem trazidos à força até Colca para prestarem o serviço militar obrigatório. O que estes *yanaconas* sabiam sobre pátria, governo, ordem pública, segurança ou garantias nacionais? Garantias nacionais! O que era isso? Quem deveria realizá-las e quem poderia desfrutá-las?

A única coisa que os indígenas sabiam é que eram miseráveis. Quanto a serem recrutados ou enrolados, não sabiam senão que, às vezes, os soldados passavam pelos cumes da cordilheira e pelas suas cabanas, muito enojados, amarravam os índios mais jovens e os levavam, arrastando-os presos às mulas. Para onde eram levados? Ninguém sabia. Até quando? Nenhum índio recrutado ou enrolado voltou para sua terra. Morriam em terras distantes, de males desconhecidos? Eram mortos, quem sabe, por outros soldados ou sargentos misteriosos? Se perdiam pelo mundo, abandonados pelos caminhos ermos? Eram, quem sabe, felizes? Não. Era difícil ser feliz. Os *yanaconas* não eram felizes. Os jovens recrutados ou enrolados, que iam para não voltar, eram certamente desgraçados.

A família de Braulio Conchucos era composta pelo seu velho pai, dois irmãos pequenos, uma jovenzinha de dez e um varão de oito. Sua mãe morreu de febre tifoide. Dois irmãos maiores também morreram de febre, epidemia que arrasou muita gente, há quatro ou cinco anos, em Cannas e arredores. Mas Braulio desejava Bárbara, filha de um dos vizinhos pastores de Guacapongo, com quem pensava se casar. Quando os soldados chegaram na cabana de Braulio, às cinco da manhã, ainda estava escuro, os jovens se assustaram e começaram a chorar. O pai, acompanhando o filho enrolado, lhes dizia:

— Avisem Bárbara! Avisem Bárbara! Não fiquem aqui! Eu volto logo! Eu vou voltar com Braulio!

Os jovens se agarraram às pernas de Braulio e do velho, chorando:

— Não, não *taita*! Não precisa ir! Não nos deixe, não precisa ir!

Um dos soldados o segurou pelo braço e o afastou com um empurrão. Mas, ao soltá-los para montar, os jovens se precipitaram de novo sobre o velho e Braulio, chorando desesperados, impedindo-os de se moverem. O pai os afastava, consolando-os:

— Bom, bom! Já está! Já está! Calem-se! Vão avisar Bárbara!

Braulio quis abraçá-los, mas amarraram seus braços às costas.

O sargento, já montado, gritou com raiva:

— Vai, caralho, velho idiota! Melhor andar e não nos foda mais!...

A comitiva arrancou. O sargento tomou a dianteira. Um soldado seguia com o enrolado, Isidoro Yépez, a pé e amarrado numa mula. O outro estava com Braulio Conchucos, também a pé e preso à sua cavalgadura. Um estirão súbito e violento puxou Braulio pela cintura, que caiu ao chão, pois estava amarrado pelo pescoço à besta, e começou a andar na mesma velocidade das mulas. À retaguarda da comitiva vinha um terceiro soldado, fumando um cigarro. Atrás dele seguiam as famílias dos dois enrolados.

No momento de iniciarem a caminhada, a mula do soldado que levava Braulio deu o primeiro passo atropelando os irmãos, que caíram ao chão. Braulio pisou no abdômen da jovenzinha. Ela permaneceu estendida alguns segundos. O garoto se levantou, meio cego e tonto, seguiu um trecho ao lado de Braulio e do pai. Tropeçou várias vezes nas pedras do caminho estreito, por causa da escuridão, encostando-se em plantas e espinhos. O tumulto acabou rapidamente. O garoto se deteve e parou de chorar, ficou ouvindo o silêncio absoluto que reinava em redor da cabana. Uma lufada de vento balançou as plantas junto ao poço. A garota, depois que despertou, começou a chorar, chamando aos gritos:

— *Taita, taita, taita*! Braulio! Juan!

Então Juan, o garoto, retornou correndo para a cabana. Os dois voltaram, se cobriram com as mantas de lã e começaram a chorar. As silhuetas dos soldados, unidas ao velho e a Braulio, entre gritos e xingamentos, se fixaram na retina de Juan e de sua irmã. Quem eram estes monstros vestidos com tantas roupas brilhantes, que tinham espingardas? De onde vieram? A que horas chegaram na cabana? E por que vinham atrás de Braulio e *taita*? Eles os pegaram! Bateram muito nele! Por que? Seriam como os outros homens? Juan duvidava, mas a sua irmã, suspendendo as lágrimas, lhe dizia:

— Sim, são como todos nós. Como *taita* e como Braulio. Eu vi a cara deles. Seus braços também, e suas mãos. Um me puxou as orelhas, sem que tivesse feito nada...

A garota gemeu de novo, e Juan, um pouco sufocado e nervoso, disse:

— Melhor te calar! Não chora, senão vão voltar para nos levar!... Cala! São os demônios! Têm nas cinturas umas armaduras. Suas cabeças são redondas e pontiagudas. Vai ver que vão voltar!

— Falam como todos nós. Disseram: "Caralho, não vai escapar!", "velho de merda", "Caminha, filho da puta!"... estão vestidos como um burro de festa. Andam rápido. Viu por onde foram?

— Foram pela vereda, seguindo a carreira. Vão voltar! Vai ver! Saíram da vereda! Mamãe falava assim! Quando saem da vereda com esporas e chicotes, as mulas relinchando têm fogo nas patas!

— Está mentindo, mamãe não falava nada disso! Eles são cristãos como nós! Vai ver que amanhã voltam e verá que são cristãos! Vai ver!

Juan e a irmã ficaram em silêncio. Continuavam a perguntar para si mesmos por que levaram Braulio e *taita*. Para onde foram? Vão soltá-los? Quando soltarão? Que vão fazer com eles?... e a garota disse, acalmando-se:

— E os outros? E os homens e as mulheres que iam com eles? Não viu, são cristãos! São cristãos! Eu sei do que estou falando!

— Os outros — Juan argumentava em tom febril e temeroso — são, sim, cristãos. Mas não são seus amigos. Os tiraram das cabanas, como *taita* e Braulio.

Vai ver que os vão meter numa cova. Vai ver! Antes que amanheça! Lá dentro têm palácios com diabos e reis. E fazem suas festas. Mandam as pessoas para servirem os reis, e vivem lá para sempre. Alguns escapam, mas quase todos morrem lá dentro. Quando ficarem velhos, vão jogá-los na fogueira, queimá-los vivos. Um fugiu uma vez e contou tudo para a sua família...

A irmã de Juan adormeceu. Juan continuou pensando muito tempo nos soldados, quando o dia assomava, começou a sentir frio e dormiu.

Guacapongo ficava distante de Colca. Os soldados, para chegar às onze da manhã, tiveram que apressar a cavalgada. As famílias dos enrolados caminhavam devagar. Os enrolados, quisessem ou não, tinham de seguir no ritmo das mulas. No início, seguiram com certa facilidade. Depois, percorridos alguns quilômetros, começaram a fraquejar. Faltava-lhes força para acompanhar a parelha de bestas. Os *yanaconas* eram destros e resistentes na corrida, mas desta vez o esforço foi excessivo.

O caminho entre Guacapongo e Colca, mudava de terreno, largura e curso; mas, em geral, era estreito, pedregoso, cercado de espinhos e rochas, a maior parte em ziguezague, meandros agudos, curvas cerradas, encostas verticais e barrancos imprevistos. Dois rios, Patarati e Huayal, atravessaram sem ponte. A primavera fora escassa em águas, mas as do Huayal eram fortes todo o ano, nesse ponto tinham um volume intenso, sempre difícil e arriscado de atravessar.

Uma invertida mais rápida movimentou as bestas e os enrolados. Os soldados picavam suas esporas sem parar e açoitavam em contraponto as mulas. O galope foi contínuo, pese a tortuosidade e acidentes abruptos da rota. Durante a noite, as bestas se encabritaram, muitas vezes se desviando de precipícios, lodaçais, um riacho ou uma cerca. O sargento, furibundo, enterrava as esporas no corpo do seu cavalo e o enchia de chicotadas nas orelhas e nas ancas. Desmontou, tirou do alforje de couro uma garrafa de pisco, tomou um grande trago e ordenou que os outros soldados fizessem o mesmo. Chamou os parentes dos enrolados, os obrigou a empurrar o animal. Por fim, todas as bestas tiveram que ser puxadas. Depois do acesso de fúria angustiante no lodaçal, afundados até o peito, voltaram a sair pelo outro lado do caminho. E os enrolados? Como se salvaram dessa caminhada péssima? Como as bestas. Só que, diferente delas, os enrolados não ofereciam resistência. A primeira vez que estiveram diante dos degraus de um cume abrupto, em que não havia qualquer caminho, Isidoro Yépez ousou dizer ao soldado que o conduzia:

— Cuidado, *taita*, que vamos cair...

— Cala, animal! — disse o soldado, dando-lhe um bofetão na cara.

Saiu um pouco de sangue de Isidoro Yépez. A partir desse instante, os dois enrolados sumiram sob o silêncio completo. Os soldados logo se embebedaram. O sargento queria chegar a Colca o quanto antes, pois às onze ia ter uma partida de dados no quartel com alguns amigos. As índias e os índios que seguiam Yépez e Conchucos, desapareciam por instantes da comitiva porque, conhecedores do terreno, e como seguiam a pé, abandonavam o caminho certo para chegarem logo ao outro lado, cortando a via e atravessando o campo. Faziam isso trepando os penhascos, circulando, contornando como cabras os terrenos mais profundos ou atravessando um rio aos saltos pelas pedras, se equilibrando sobre uma árvore caída.

Ao cruzar o Huayal, Braulio Conchucos esteve a ponto de encontrar a morte. O cavalo do sargento mostrou resistência. Depois passou o soldado que levava Isidoro Yépez, e, quando a mula do segundo soldado se viu no meio da corrente seus membros vacilaram, foi arrastada pelas águas durante um trecho. Estava submersa até metade da barriga. Não se viam as pernas do soldado. Foi grande a angústia deste. Ele acicatava o animal, gritando e açoitando-o. O enrolado, mergulhado até o peito, se mostrou impassível e tranquilo diante do perigo.

— Sai, caralho! — dizia o soldado, possuído pelo terror! — Avança! Sai da água! Sai! Sai! Avança, avança! Não te deixa arrastar!...

Em ambas as margens, os soldados lançavam gritos de sobressalto e corriam enlouquecidos, ao ver que a corrente derrubava a mula e começava a levá-la rio abaixo, junto com o soldado e o enrolado. Só este, e Isidoro Yépez, no outro lado do Huayal, em meio ao perigo, se mantinham mudos, serenos e inalteráveis. O soldado de Conchucos, no alto do seu terror e fora de si, resolveu esbofetear Braulio com força. Conchucos, amarrado, começou a sangrar, mas não fez nada para se salvar, nem pronunciou qualquer palavra de protesto. Isidoro Yépez levou tapas por não os ter advertido do perigo da rota. Para quê falar ou fazer alguma coisa? Os *yanaconas* compreendiam bem a situação do seu destino. Eles não podiam nada, nem eram nada. Os soldados, pelo contrário, eram tudo e podiam tudo. Além do mais, Braulio Conchucos naquela manhã perdeu todo interesse e amor pela vida. Ao ver os soldados chegarem em sua cabana, à noite, ser espancado e preso por eles, se sentiu perdido para sempre, isso tudo de uma vez. Seria levado não sabia para onde, como os outros *yanaconas* jovens, e nunca mais seriam soltos. O que era então perecer afogado ou de qualquer outra maneira? Ademais, Braulio Conchucos e Isidoro Yépez criaram um ódio surdo e tempestuoso pelos soldados. De maneira obscura se davam conta de que, qualquer que fosse a sua condição de simples instrumentos ou executores de uma vontade que eles desconheciam e não conseguiam imaginar, juntavam algo de si mesmos nos soldados em sua crueldade e aleivosia. Braulio Conchucos experimentava ante o medo do soldado, uma satisfação recôndita. E se a água os tivesse levado em boa hora! Não via mais Braulio, e o sangue que escorria de sua boca fora levado pela água? Sentiu logo o chicote que cruzou várias vezes sua cara e não viu mais nada. Um olho ficou fechado. Então seu corpo claudicou. Por alguns instantes a mula e o enrolado tremeram, levados pela corrente com as pernas abertas. O soldado, louco de espanto, se esforçou para escapar da morte, chicoteando com toda força o animal e o *yanacón*. As chicotadas choveram sobre as cabeças de Braulio e da mula.

— Caralho! — bradava aterrado o soldado — Anda, mula, anda! Anda, índio de merda! Vamos! Vamos!...

Um último esforço da besta e conseguiu atingir a outra margem do Huayal, com a dupla carga do soldado e de Conchucos, retomando a marcha. O sol começou a esquentar. Ultrapassado o Huayal, o caminho atingiu uma costa larga, interminável. Mas o sargento atiçou ainda mais as esporas e brandiu o chicote. Passo a passo os animais subiram, sem se deter, e junto deles, os dois enrolados. Uma ou outra vez a comitiva parou. Por que? As mulas já não conseguiam continuar? Ou eram os *yanaconas*?

— Está se fazendo de idiota para não caminhar! — diziam os soldados aos *yanaconas* —. Anda, caralho!

Anda! Avança e não enforca a mula! Anda ou vou te moer de porrada!...

Os enrolados e as bestas suavam e arquejavam. O pelo das mulas se encrespou, num turbilhão de mil cachos e flechas. O suor gotejava e escorria entre o peito e os ventres. As bestas mordiam o freio, soltando muita espuma. Os cascos dianteiros resvalavam nas pedras ou, imobilizados um instante, arqueando-se e dobrando-se. A cabeça do animal se dilatava, jogando as orelhas para trás, com os belfos quase roçando o chão. As narinas bufavam desmesuradas, rubras, secas. Mas o cansaço era maior em Yépez e Conchucos. Ambos glabros, a camisa de algodão negra e suja, sem chapéu, sob o sol abrasador, os pés calejados no chão, os braços amarrados para trás, e na altura da cintura atados ao pescoço ensanguentado das mulas com uma corda de couro — Conchucos com um olho inchado e várias manchas na cara —, os enrolados subiam pela encosta, caindo e se levantando. Caindo e levantando? Não podiam sequer cair! No fim da encosta, seus corpos exânimes, esgotados, perderam as forças e se deixaram arrastar inertes como paus ou pedras, pelas mulas. A vontade vencida pela imensa fadiga, os nervos sem movimento, os músculos lassos, demolidas as articulações e o coração entorpecido pelo calor e o esforço de quatro horas seguidas de caminhada, Braulio Conchucos e Isidoro Yépez não eram mais do que dois montes de carne humana, mais mortos do que vivos, suspensos e deslocados quase sem peso, ao acaso. Um suor frio banhava os dois. De suas bocas abertas saía uma mistura de espuma e sangue. Yépez começou a exsudar um cheiro nauseabundo e pestilento. Por suas pernas descia uma substância líquida e amarela. Atingido pelo cansaço mortal e o desgoverno de suas funções, ele defecava e urinava.

— Esse caralho está cagando! — gritou o soldado que o levava, e tapou o nariz.

Os soldados começaram a rir e picaram as esporas.

Quando os curiosos se aproximaram de Isidoro Yépez, diante da subprefeitura, também estavam rindo e se distanciaram, tirando os seus lenços. Mas quando se aproximaram de Braulio Conchucos, pararam para olhar seu rosto ferido e desfigurado. Algumas mulheres do povo se indignaram e murmuraram palavras de protesto. Uma agitação tempestuosa se produziu de imediato entre a multidão. Os soldados haviam lavado o rosto de Conchucos numa vala de irrigação, antes de entrar em Colca, mas as contusões e os inchaços ressaltaram ainda mais. Os soldados também reanimaram os enrolados, dando um banho de água fria na cabeça deles. Assim Yépez e Conchucos despertaram do torpor e penetraram no povoado andando.

— Os soldados bateram neles! — a multidão gritava — Olhem como está a cara deles! Estão ensanguentados! Que coisa! Bandidos! Criminosos! Assassinos!

Muitos moradores de Colca se enfureceram. A piedade unânime se alastrou pelo povoado. Uma onda de indignação coletiva chegou até a Junta Recrutadora Militar. O subprefeito Luna foi até a rua, lançou um grito colérico para a multidão:

— Silêncio! O que querem? O que estão dizendo? Por que reclamam?...

O prefeito Parga se aproximou.

— Não dê importância, senhor subprefeito! — disse, segurando seu braço —. Venha, venha conosco!...

— Não, não! — resmungou bruscamente o subprefeito, cujos copos de pisco tomados com Marino & Irmãos, produzira uma embriaguez furiosa.

Luna se ergueu o mais que pôde perto da calçada e disse ao sargento, que estava diante dele, esperando suas ordens:

— Traga-me os enrolados! Faça-os entrar!

— Muito bem, senhor! — respondeu o sargento, e transmitiu a ordem aos soldados.

Os enrolados foram soltos dos pescoços das mulas e levados ao escritório da Junta Recrutadora Militar. Os braços atados para trás, sujeitados pela cintura com uma corda de couro. Yépez e Conchucos avançaram penosamente, empurrados pelos guardas. A multidão, ao vê-los soturnos, silenciosos, as cabeças pendendo, os corpos desfalecidos, quase agônicos, se agitou num só movimento de protesto.

— Assassinos! — gritavam homens e mulheres —. Estão quase mortos! Bandidos! Assassinos!...

As famílias dos *yanaconas* tentaram entrar na sala do subprefeito, atrás dos enrolados, mas os soldados impediram.

— Para trás! — gritou com ira surda o sargento, desembainhando a espada ameaçadora.

Depois que Yépez e Conchucos entraram, um cordão de soldados com rifles na mão bloquearam a entrada a todos. Algumas ameaças, impropérios e insultos foram dirigidos pelo povo aos soldados.

— Animais! Bestas! Não sabem o que dizem! Nem o que fazem! Imbecis! Todos vocês não são senão umas mulas!... Não sabem nada de nada! Serranos sujos! Ignorantes!...

A maioria dos soldados era do litoral. Por isso tratavam assim os serranos. Os da costa do Peru sentem um desprezo tremendo e insultuoso por aqueles que são da serra ou das montanhas, e estes devolvem o desprezo com um ódio subterrâneo exacerbado.

Reunida à porta da subprefeitura, detida pelos rifles dos soldados, a crescente indignação da multidão aumentava. Um diálogo violento se produziu entre a força armada e o povo.

— Por que estão assim? Por quê?

— Porque querem fugir, nos atacaram com pedras em suas cabanas... Índios selvagens! Criminosos!

— Não, não, estão mentindo!

— Então, isso me deixa furioso!...

— Assassinos! Por que os prenderam? Que ódio!

— Que enrolados ou recrutas! Depois que os levam para trabalhar nas fazendas ou nas minas, lhes tiram seus terrenos e os animais!... Ladrões! Ladrões!...

Um soldado lançou um grito furibundo:

— Caralho! Silêncio! Ou meto uma bala em vocês!...

Levantou o rifle, fez menção de apontar para a multidão, que respondeu à ameaça com um clamor intenso. Surgiu à porta da subprefeitura o prefeito Parga.

— Senhores! — disse com um respeito protocolar, que ocultava seus temores —. O que aconteceu? O que se passa? Calma, calma! Fiquem tranquilos, senhores!...

Um homem do povo emergiu então da multidão, se agitando na frente do prefeito Parga, lhe disse muito emocionado e de forma arrebatada:

— Senhor prefeito! Senhor prefeito! O povo quer ver como acaba tudo, e pede...

Os soldados o agarraram pelos braços e taparam a sua boca, para impedi-lo de continuar a falar. Mas o velho e astuto prefeito ordenou que o deixassem continuar.

— O povo, senhor, pede que se faça justiça!

— Sim!... Sim!... Sim!... — falou em coro a multidão —. Justiça! Justiça, contra os que bateram neles! Justiça contra os assassinos!

O prefeito empalideceu.

— Quem é você? —. Se inclinou para perguntar ao audacioso que havia falado —. Entre, entre na sala! Entre para falarmos.

O homem do povo entrou na sala da subprefeitura. Mas quem era esse homem de audácia extraordinária, que queria fazer valer os direitos dos cidadãos? A ação popular diante das autoridades não era um fenômeno frequente em Colca. O subprefeito, o prefeito, o juiz, o médico, o cura, os soldados, gozavam de uma liberdade sem limites no exercício de suas funções. Reparação pública ou controle social não se praticavam em Colca, em relação a esses funcionários. Contudo, o mais abominável e escandaloso abuso de autoridade não despertava no povo senão um obscuro, vago e difuso mal-estar sentimental. A impunidade era, na história dos delitos administrativos e comunitários, algo tradicional e comum na província. Por isso que agora ocorria algo novo e jamais visto. O caso de Yépez e Conchucos abalou violentamente a massa popular, um homem saído daí se atrevia a levantar a voz, pedindo justiça e desafiando a ira e a vingança das autoridades. Quem era, pois, esse homem?

Era Servando Huanca, o ferreiro. Nascido nas montanhas do Norte, às margens do rio Maranhão, vivia em Colca há anos. Tinha uma vida singular, sem mulher ou parentes, nem diversões ou amigos. Solitário, permanecia sempre em torno da sua forja, cozinhando para si mesmo. Era um tipo de índio puro: pômulos salientes, pardo, olhos pequenos e brilhantes, cabelo liso e negro, altura mediana e uma expressão recolhida e quase taciturna. Teria uns trinta anos. Foi um dos primeiros, entre os curiosos, a rodear os soldados e os *yanaconas*, e a gritar a favor dos índios na frente da subprefeitura. Os outros tinham medo de intervir contra o abuso. Servando Huanca os encorajou, tornando-se o guia e o incitador do movimento. Quando viveu no vale açucareiro de Chicama, trabalhando como mecânico, foi testemunha e ator de fatos parecidos do povo contra os crimes dos patrões. Tais antecedentes, e uma experiência difícil que, como operário, experimentou em diversos centros industriais em que trabalhou para ganhar a vida, suscitaram nele a dor e a cólera crescentes contra a injustiça dos homens. Huanca sentia que nesta dor e na cólera não entravam interesses pessoais, senão em parca medida. Pessoalmente, ele, Huanca, sofrera raras vezes os abusos dos mais ricos. Por outro lado, os que ele presenciou diariamente contra os trabalhadores e outros índios miseráveis, foram inumeráveis e excepcionais. Servando Huanca se condoía e se exaltava, mais por solidariedade, ou se quiserem, por humanidade, contra os patrões — autoridades ou empregadores — do que por causa própria e pessoal. Também se conscientizou desta essência solidária e coletiva da sua compaixão contra a injustiça, por tê-la descoberto também noutros trabalhadores, quando se tratava de abusos e delitos perpetrados por alguém entre os demais. Por fim, Servando Huanca chegou a se unir algumas vezes aos seus companheiros de trabalho e dor, em pequenas associações ou sindicatos rudimentares, aí lhe ofereceram jornais e folhetos em que leu tópicos e questões relacionados com a injustiça que ele conhecia, com os métodos que devem ser empregados por aqueles que sofrem, para lutar contra isso e fazê-la desaparecer do mundo. Tinha convicção de que era preciso protestar sempre com força contra a injustiça, onde quer que se manifestasse. Desde então, o seu espírito concentrado e ferido, ruminava dia e noite estas ideias e o desejo de rebelião. Possuía já Servando Huanca a consciência classista? Tinha noção disso? A sua tática de luta se reduzia a duas coisas muito simples: a união dos que sofrem as injustiças sociais e a ação prática das massas.

— Quem é você? — perguntou com enfado a Huanca o subprefeito Luna, ao vê-lo entrar em sua sala, introduzido pelo prefeito Parga.

— É o ferreiro Huanca — respondeu Parga, acalmando o subprefeito —. Pode deixar! Pode deixar! Ele quer ver os enrolados, acha que estão mortos e que isso é uma agressão...

Luna interrompeu-o, dirigindo-se bruscamente a Huanca:

— Que agressão o quê, miserável! *Cholo* estúpido! Fora daqui!

— Não importa, senhor subprefeito! — voltou a interceder o prefeito —. Deixe-o! Peço para que o deixe! Quer ver como estão os enrolados! Que veja! Aí estão! Pode vê-los!

— Sim, senhor prefeito! — acrescentou com serenidade o ferreiro —. O povo está pedindo! Eu venho pelas pessoas que estão lá fora.

O médico Riaño, tocado pelo seu liberalismo, interveio:

— Muito bem — disse a Huanca com cerimônia —. Está no seu direito, já que a população está pedindo. Senhor subprefeito! — falou, voltando-se para Luna em tom protocolar —. Creio que este homem pode continuar aqui. Não incomoda de maneira alguma. A sessão da Junta Recrutadora pode, a meu ver, continuar. Vamos examinar o caso destes enrolados...

— Assim me parece — disse o prefeito —. Senhor subprefeito, vamos ganhar tempo. Tenho o que fazer...

O subprefeito refletiu um instante e voltou a olhar para o juiz e o *gamonal* Iglesias, em seguida assentiu.

— Bom — disse —. A sessão da Junta Recrutadora Militar, continua.

Cada um voltou a ocupar o seu lugar. Num extremo da sala, estavam Isidoro Yépez e Braulio Conchucos, escoltados por dois soldados, presos pela cintura. Os dois apresentavam uma lividez mortal. Tinham um olhar vago, com certa indiferença que causava calafrio, próximo da morte, por tudo o que ocorria ao seu redor. Braulio Conchucos estava esgotado. Respirava com dificuldade, seus membros tremiam, a cabeça pendendo como a de um moribundo. Por instantes, entrou em colapso e quase caía, se não fosse amparado pelo guarda.

Servando Huanca passou junto dos *yanaconas*, o chapéu na mão, comovido, mas firme e tranquilo.

Após os membros da Junta Recrutadora Militar se sentarem, surgiu na praça um alarido ensurdecedor. O cordão de soldados, disposto à frente da porta, respondeu à multidão com uma tempestade de insultos e ameaças. O sargento saltou para frente, desembainhou sua espada e golpeou com força as primeiras filas da multidão.

— Caralho! — gritava com raiva —. Para trás! Para trás!

O subprefeito Luna ordenou com um grito:

— Sargento! Imponha a ordem, custe o que custar! Eu autorizo!...

Um longo soluço se ouviu na porta. Eram as três índias, avó, mãe e irmã de Isidoro Yépez, que pediam de joelhos, com as mãos juntas, que as deixassem entrar. Os soldados as afastaram com os pés e as culatras dos seus rifles.

O subprefeito Luna, que presidia a sessão, disse:

— Bem, senhores, como estão vendo, a força militar acaba de trazer dois enrolados de Guacapongo. Vamos, pois, proceder conforme a lei, examinando o caso destes homens a fim de declará-los dispostos a marchar até a capital, no próximo contingente que partir. Em primeiro lugar, leia você, senhor secretário, o que diz a Lei de Serviço Militar Obrigatório sobre os enrolados.

O secretário Boado leu um folheto verde:

—Item quatro. — Dos Enrolados. — Artigo 46: os peruanos compreendidos entre a idade de dezenove e vinte e dois anos, que não cumprirem o dever de se inscrever no registro do Serviço Militar Obrigatório da zona respectiva, serão considerados como “enrolados”. — Artigo 47: Os enrolados serão perseguidos e obrigados pela força a prestar o serviço militar, imediatamente após serem capturados, sem que possam interpor ou fazer valer nenhum dos direitos, exceções ou circunstâncias atenuantes acordadas pelos recrutados em geral e contidas no artigo 29, item segundo desta Lei. — Artigo 48...”.

— Basta — interrompeu com ênfase o juiz Ortega —. Sou da opinião que é inútil a leitura do resto da Lei, posto que todos os membros da junta já a conhecem. Peço ao senhor secretário que abra o registro militar, para verificar se figuram aí os nomes destes homens.

— Um momento, doutor Ortega — argumentou o prefeito Parga —. Convirá saber primeiro a idade dos enrolados.

— Sim — concordou o subprefeito —. Vamos ver... — acrescentou, dirigindo-se paternalmente até Isidoro Yépez —. Quantos anos tem? Como te chamas, em primeiro lugar?

Isidoro Yépez parecia voltar de um sonho, respondeu com a voz débil e temerosa:

— Me chamo Isidoro Yépez, *taita*.

— Quantos anos tens?

— Eu não sei, *taita*. Vinte ou vinte e quatro, quem sabe, *taita*...

— Como "não sei"? O que é isso de "não sei"? Vamos! Diz, quantos anos tem? Fala! Diz a verdade!

— Nem eu mesmo sei — disse com piedade e asco o dr. Riaño —. São uns ignorantes. Não insista, senhor subprefeito.

— Bom — continuou Luna, dirigindo-se a Yépez — está inscrito no registro Militar?

O *yanacón* abriu um dos olhos, tentando compreender o que Luna dizia e respondeu automaticamente:

— *Escritu*, pois, *taita, escritus*.

O subprefeito repetiu a pergunta, aumentando o tom da voz:

— Animal! Não entende o que digo? Está inscrito no Registro Militar?

Então Servando Huanca interveio.

— Senhores! — disse o ferreiro com calma e de forma decidida —. Este homem (se referia a Yépez) é um pobre indígena ignorante. Os senhores estão vendo. É analfabeto, tosco, um desgraçado. Ignora quantos anos tem. Não sabe se está inscrito ou não no Registro Militar. Desconhece tudo, tudo. Como, pois, será considerado "enrolado", quando ninguém nunca lhe disse que deveria se inscrever, não entende qualquer coisa, não sabe o que é registro nem serviço militar obrigatório, nem pátria, estado, governo?...

— Silêncio! — gritou irritado o juiz Ortega, interrompendo Huanca e pondo-se de pé violentamente —. Basta de tolerância!

Neste momento, Braulio Conchucos retesou o corpo após várias convulsões e em colapso caiu imóvel nos braços do soldado. O doutor Riaño tentou acudir, animá-lo, mas disse com grande desfaçatez profissional:

— Está morto. Está morto.

Braulio Conchucos deslizou lentamente para o chão.

Servando Huanca correu para a rua, entre os soldados, gritando em fúria, num fragor irado, para a multidão:

— Está morto! Está morto! Os soldados o assassinaram! Abaixo o subprefeito! Abaixo as autoridades! Viva o povo! Viva o povo!

Um espasmo unânime de ira atravessou de um só golpe a multidão.

— Abaixo os assassinos! — Morram os criminosos — o povo gritava —. Um morto! Um morto! Um morto!

A confusão, o sobressalto e a refrega foram instantâneos. Um choque imenso se produziu entre a multidão e os soldados. Ouviu-se perfeitamente a voz do subprefeito ordenando aos soldados:

— Fogo, sargento! Fogo! Fogo!...

A descarga sobre o povo foi cerrada, longa e feroz. O povo, desarmado, surpreendido, ripostou e se defendeu com pedradas, invadindo a subprefeitura. A maioria fugiu apavorada. Houve muitos mortos e feridos. Uma nuvem de poeira se levantou. Fecharam as portas de imediato. Em seguida a descarga foi se tornando fraca e logo mais espaçada.

Tudo durou alguns segundos. No final da borrasca, os soldados tomaram a cidade. Percorreram a praça enfurecidos, dando tiros ao acaso. Fora eles, a praça estava abandonada, deserta. Só havia, aqui e ali, feridos e cadáveres. Sob o efusivo e radiante sol do meio-dia, o ar de Colca, diáfano e azul, se encheu de sangue e tragédia. Algumas galinhas voaram sobre o teto da igreja.

O médico Riaño e o *gamonal* Iglesias saíram de uma adega. Pouco a pouco, a praça foi se enchendo de curiosos. José Marino procurava angustiado seu irmão. Algumas pessoas perguntavam sobre outras pessoas. Inquiriram ansiosos pelo subprefeito, pelo juiz e o prefeito. Instantes depois, os três, Luna, Ortega e Parga, surgiram entre a multidão. As portas das casas e do comércio voltaram a se abrir. Um murmúrio doloroso pairava na praça. Em torno de cada ferido ou de cada cadáver, formou-se um tumulto. Embora o embate já tivesse terminado, os soldados e, especificamente o sargento, continuavam a disparar seus rifles. As autoridades e os soldados pareciam estar possuídos por uma ira desenfreada e furiosa, lançando gritos vingativos. Entre a multidão se destacavam alguns comerciantes, pequenos proprietários, artesãos, funcionários e *gamonales* — o velho Iglesias encabeçando estes — que se dirigiam ao subprefeito e outras autoridades, protestando em voz alta contra o levantamento do populacho, oferecendo-lhes a adesão e o apoio decidido e incondicional para restabelecer a ordem pública.

— Foram os índios, aqueles brutos selvagens — exclamava indignada a burguesia de Colca.

— Mas alguém os incitou — retrucavam outros —. A plebe é estúpida, não faz nada sozinha.

O subprefeito mandou que recolhessem os mortos e feridos, e se formasse de imediato uma guarda urbana nacional, com todos os cidadãos conscientes dos seus deveres cívicos, para que percorresse a povoação, junto com a companhia da força armada, restabelecendo as garantias cidadãs. Assim foi feito. Encabeçando esse duplo exército, seguiam o subprefeito Luna, o prefeito Parga, o juiz Ortega, o médico Riaño, o fazendeiro Iglesias, os irmãos Marino, o secretário da subprefeitura,

Boado, o pároco Velarde, os juízes de paz, o professor, os vereadores, o governador e o sargento da polícia.

Nesta incursão por todas as ruas e arrabaldes de Colca, os soldados realizaram inúmeras prisões de homens e mulheres do povo. O subprefeito e sua comitiva penetravam nas casas com autorização ou à força, e, segundo os casos, prendiam os que supunham ter participado, de uma forma ou de outra, no levante. As autoridades e a pequena burguesia acreditavam que os responsáveis por tudo fora o povo, quer dizer, os índios. A repressão feroz e implacável começou contra as classes populares. Além dos soldados, armaram grande parte dos cidadãos com rifles e carabinas, todos os adjuntos do subprefeito portavam seus revólveres, com razão ou sem ela. Desta maneira, nenhum índio que participou na insurreição poderia escapar sem castigo. Se desfazia uma porta com uma culatrada, cujos habitantes fugiam apavorados. Eram então perseguidos, com revólver na mão, sobre os tetos ou telhados, sob os fornos e criatórios de *cuyes*, ou nos esgotos. E os alcançavam, mortos ou vivos. Começaram à tarde, quando ocorreu o tiroteio, continuaram atirando no povo até meia-noite. Os mais furiosos na repressão foram o juiz Ortega e o cura Velarde.

— Aqui, senhor subprefeito — anunciava rancorosamente o pároco —, aqui não se pode usar senão mão de ferro. Se não fizer assim a indiada pode voltar a se reunir esta noite, tomar Colca, saqueando, roubando, matando...

À meia-noite, o estado maior da guarda urbana, tendo à cabeça o subprefeito Luna, estava concentrado nos salões do conselho municipal. Após a mudança de ideias entre os principais personagens ali reunidos, acordaram de comunicar por telégrafo sobre o sucedido à Prefeitura do Departamento. O comunicado foi composto e escrito: "Prefeito. Cusco. — Hoje à tarde, durante sessão da Junta Recrutadora Militar da província, foi assaltada Subprefeitura à bala e pedras por populacho amotinado e armado. Exército restabeleceu ordem respeitando vida e interesses cidadãos. Doze mortos e dezoito feridos do exército com lesões graves. Investigo causas e fins do tumulto. Todas classes sociais me acompanham, autoridades, povo inteiro. Tranquilidade completa. Comunicarei resultado investigações processo judicial sanção e castigo responsáveis triste acontecimento. Pormenores correio (assinado) Subprefeito Luna."

Depois o prefeito Parga ofereceu um copo de conhaque aos presentes, pronunciando um breve discurso.

— Senhores! — disse, com seu copo na mão —. Em nome do Conselho Municipal, que tenho a honra de presidir, lamento os acontecimentos infelizes desta tarde, felicito o senhor subprefeito da província pela correção, justiça e energia com que devolveu a ordem, a liberdade e as garantias cidadãs a Colca. Ainda assim, interpretando os sentimentos e ideias de todos os senhores presentes — dignos representantes do comércio, da agricultura e administração públicos —, peço ao senhor Luna que reprima com toda severidade os autores e responsáveis pela insurreição, certo de que assim lhe seremos agradecidos, o melhor da sociedade de Colca o acompanha. Senhores, por nosso libertador, o subprefeito senhor Luna, saúde!

Uma salva de palmas saudou o discurso do velho Parga, e tomaram o conhaque. O subprefeito respondeu nestes termos:

— Senhor prefeito: estou muito emocionado pelos imerecidos elogios que haveis brindado, não tenho senão que vos agradecer. De fato, não fiz mais do que cumprir com meu dever. Salvei a província dos ultrajes e crimes do populacho enfurecido, ignorante e bruto. Eis tudo o que fiz por vós. Nada mais, senhores. Eu também lamento o sucedido. Mas estou determinado a castigar os culpados sem comedimento e compaixão. O que o exército fez não é nada. Eu farei estes índios brutos e selvagens compreenderem que isso não acontecerá de novo, não se desrespeita as autoridades. Eu prometo que serão castigados, até o último. Saúde!

A ovação de Luna foi altissonante e viril, como o seu discurso. Muitos abraçaram o prefeito e o subprefeito, congratulando-os emocionados. Serviram mais bebidas.

Pronunciaram outros discursos, o juiz Ortega, o cura Velarde e o dr. Riaño, todos condenando o povo e reclamando um castigo exemplar. Os irmãos Marino e o fazendeiro Iglesias, expressando-se, metade em discurso, metade em diálogo, pediam com insistência uma repressão sem piedade contra a indiada. Iglesias disse em tom vingativo:

— É preciso prender o ferreiro, era o mais astuto e estimulou os outros. Deve ter fugido. Mas será perseguido para ter o castigo que merece, o filho da puta...

José Marino argumentava:

— Que castigo o quê! Tem é que levar chumbo na barriga! É uma lacraia! Um louco de merda!

— Creio que caiu morto na praça — apontou timidamente o secretário Boado.

O subprefeito retificou:

— Não, foi o primeiro a escapar com o tiro inicial. Mas vamos prendê-lo. Sargento! — chamou em voz alta.

O sargento ouviu, saudou-o, pondo-se em sentido:

— Meu senhor!

— Temos que prender o ferreiro Huanca, sem descanso!

Temos que encontrá-lo a qualquer custo. Onde quer que esteja, vamos "comê-lo". Um tiro nas tripas e está arrumado! Sim! Faça o possível para trazer-me seu cadáver! Já lhe disse que sua promoção a alferes é um fato!

— Muito bem, meu senhor — respondeu animado o sargento —. Cumprirei suas ordens. Não se preocupe!

Às vezes, ouvia-se à distância, entre o silêncio da noite, disparos de revólver e carabinas feitos por grupos da guarda urbana que fazia a ronda da cidade. Nos salões municipais os copos de conhaque se sucediam, o cura Velarde, o subprefeito Luna e José Marino começaram a dar mostras de embriaguez. Uma fumaça espessa de cigarro pairava na atmosfera. A reunião se tornava cada vez mais alegre. Ao assunto do tiroteio sobrevieram logo outros alegres e picarescos. Num grupo formado pelo sargento, um soldado e um juiz de paz, este exclamava um pouco bêbado, já com certo rubor:

— Mas que índios idiotas!

O sargento dizia com arrogância:

— Ah! Mas eu os fodi! Assim que o ferreiro correu para a praça gritando "Está morto! Um morto!", dei uma soberba culatrada num velho que estava ao meu lado e o deixei teso. Depois voltei para trás e comecei a disparar meu rifle sobre a indiada, como uma metralhadora: ra-ta-ta-ta-ta-ta! Caralho! Não sei quantos caíram com meus tiros. Só sei que não vi senão uma fumarada dos diabos e esvaziei o tambor... ah! Caralho! Só eu "comi" pelo menos uns sete, sem contar os feridos!...

— E eu! — exclamou com orgulho um soldado — E eu! Caralho! Não deixei nem os índios se mexerem. Antes que atirassem uma só pedra, eu já tinha "comido" dois, literalmente, junto a mim. Outro implorou "patrãozinho, patrãozinho!". Dei uma coronhada nele, uma índia que estava querendo me foder a barriga, deixei-a seca... Outro se ajoelhou chorando, pedindo perdão, quebrei-lhe as costelas com uma só coronhada...

O juiz de paz ouvia-os possuído por um horror que não conseguia ocultar. Apesar disso, dizia aos soldados:

— Muito bem! Muito bem! Índios estúpidos! Animais! O que deveria ter sido feito era pegar o *cholo* Huanca! Que pena ainda estar vivo! Caramba!

— Ah! — jurava o sargento, movendo as mãos — Ah! Esse? Vocês vão ver! Vão ver como ele vai ser "comido"! Deixa comigo! O subprefeito me disse que se trouxer o cadáver do ferreiro, já posso contar com minha promoção para oficial...

Mas uma conversa importante se desenrolava neste instante, entre os irmãos Marino e o subprefeito Luna. José Marino chamara Luna à parte, segurando-o carinhosamente pelo braço:

— Permita-me, caro subprefeito! — disse-lhe —. Quero beber com o senhor.

Mateo Marino serviu três copos e os três homens se afastaram, com os copos na mão.

— Veja bem! — disse José Marino em tom baixo ao subprefeito —. Eu, já o sabe, sou seu verdadeiro amigo, sempre. Provei isso várias vezes. Minha simpatia pelo senhor foi sempre grande e sincera. Muitas vezes, sem que soubesse — não gosto de falar a ninguém o que faço por uma pessoa —, muitas vezes conversei com *misters* Taik e Weiss, em Quivilca, sobre o senhor. Eles têm-lhe muito apreço. Sim, sei que estão muito contentes com seu trabalho. Muito felizes. Alguns que estão aqui — apontando com um gesto os outros ali reunidos — escreveram a *mister* Taik várias vezes contra o senhor...

— Sim! Sim! — disse sorrindo Luna —. Já me disseram. Eu sabia...

— Escreveram para ele fazendo intrigas, colocando-o em situação delicada, dizendo-lhe que o senhor não é mais do que um agente do deputado dr. Urteaga, que aqui não faz mais do que servir Urteaga contra a *Mining Society*...

O subprefeito sorria com despeito e raiva. José Marino acrescentou, erguendo-se num tom protetor:

— Eu, naturalmente, defendi-o sempre. Há mais ainda, *mister* Taik estava quase acreditando nessas intrigas, um dia me chamou ao seu escritório e disse: "Senhor Marino, chamei-o aqui para falar sobre um assunto muito grave e secreto. Sente-se e responda às minhas perguntas. Como é sua relação, em Colca, com o subprefeito Luna? Faça-me o favor de me responder com sinceridade. Me escrevem de Colca falando contra Luna, francamente, não sei o que há de verdade nisso tudo. Por isso quero que você me diga com franqueza como se relaciona com Luna. Presta-lhe todo o auxílio para a contratação de trabalhadores? Apoia-o e está com você? A *Mining Society* apoiou a nomeação de Luna como subprefeito, com o único intuito de ter os soldados a nosso serviço no que toca à peãozada. Você sabe muito bem. O resto não tem importância: que Luna está sempre com os correligionários políticos de Urteaga; que bebe com qualquer um, isso não significa nada". Assim falou o gringo. Estava muito enojado. Eu lhe disse que o senhor se portava corretamente conosco, e que não tínhamos nenhuma queixa. "Porque — disse-me o gringo —, se Luna não se portar bem com você, eu comunico tudo ao nosso escritório de Lima, para ser destituído no dia seguinte. Você compreende que a nossa empresa representa interesses muito sérios no Peru, não estamos dispostos a deixar isso à mercê de alguém". Assim o gringo me falou. Mas eu lhe disse que tais intrigas não eram verdadeiras, que o senhor está conosco, totalmente conosco...

— Eu sei — disse Mateo Marino —, sei quem escreve isso aos gringos...

— Muito bem! — acrescentou vivamente José Marino —. Mas, em resumo, os gringos estão com a pulga atrás da orelha, é preciso ter muito cuidado...

— Mas tudo isso é mentira! — exclamou Luna —. Vocês, mais do que ninguém, são testemunhas da minha lealdade absoluta e da minha devoção incondicional a *mister* Taik...

— Naturalmente! — dizia José Marino, ajeitando a barriga triunfal —. Por isso mesmo defendi o senhor e *mister* Taik me disse: "Bom, senhor Marino, sua resposta, que eu creio é franca, me basta".

— Muito bem! Muito bem! — exclamou Mateo Marino.

O subprefeito Luna, emocionado, respondeu a José Marino:

— Eu agradeço muito, de verdade, meu caro dom José. E já sabe que sou seu amigo sincero, decidido a fazer por vocês tudo o que puder. Digam-me somente o que querem e eu farei no ato. No ato, sim, como estão ouvindo!

— Muito bem! Muito bem! — repetiu Mateo Marino voltando-se para Luna —. Por nossa grande e nobre amizade! Saúde!

— Por isso! Por Marino & Irmãos! — dizia o subprefeito —. Saúde! E por *mister* Taik e Weiss! E pela *Mining Society*! E pelos Estados Unidos! Saúde!

Os três homens tomaram várias doses. Entre uma delas, José Marino perguntou ao subprefeito Luna, sempre à parte e em segredo:

— Quantos índios foram presos hoje?

— Uns quarenta.

José Marino ia acrescentar algo, mas se conteve. Por fim, falou a Luna:

— Recorda o que dissemos de manhã sobre os trabalhadores?...

— Sim. Que precisam de cem trabalhadores para as minas...

— Exatamente. Mas há uma coisa: creio que poderíamos fazer algo. Veja bem, como não tem soldados suficientes para perseguir os trabalhadores prófugos, como o senhor não sabe o que fazer com todos estes índios que agora estão presos, por que não nos dá uns quantos, para enviá-los a Quivilca imediatamente?

— Ah! Isso!... — exclamou o subprefeito —. Você entende. A coisa é um pouco difícil. Porque... Espere, espere!...

Luna apoiou o queixo, pensativo, terminou dizendo a José Marino, em voz baixa e cúmplice:

— Paremos por aqui. Entendido. Eu prometo.

Mateo Marino pegou mais três copos.

— Senhores! — disse José Marino, com o copo na mão e em voz alta, dirigindo-se a todos os presentes —. Convido-os a beber e fazer um brinde ao senhor Roberto Luna, nosso grande subprefeito, que acaba de nos salvar da indiada. Eu, senhores, posso lhes assegurar que o governo saberá premiar o que foi feito hoje pelo senhor Luna, em favor de Colca. Proponho que todos os presentes assinem aqui mesmo um memorando ao ministro do governo, expressando a gratidão da província ao senhor Luna, oferecendo um grande banquete, com uma medalha de ouro, oferta dos filhos de Colca.

— Bravo! Bravo! Hip, hip, hurra!...

Houve uma celeuma intensa nos salões municipais. O juiz, dr. Ortega, já muito bêbado, chamou um dos soldados e lhe disse:

— Vá buscar a banda de música. Acorde os *cholos*, custe o que custar, diga-lhes que o subprefeito, o juiz, o prefeito, o cura, o médico e o melhor sociedade de Cannas estão aqui, que venham logo.

O médico Riaño aconselhou escrúpulo:

— Doutor Ortega! O senhor acha que deve ter música?

— Mas é claro! Por que não?

— Porque como houve mortos hoje, as pessoas vão falar...

— Quem? Os índios? Que ocorrência? Vá logo e não discuta! — disse o juiz ao soldado.

O guarda saiu correndo para chamar a banda de música.

De madrugada, os salões municipais se transformaram num grande baile festivo. A banda de músicos tocava valsas e marinheiras entusiasmantes, uma festa arrebatadora se produziu. Muitos já haviam se retirado para dormir, mas os que ficaram — cerca de quinze pessoas — estavam completamente ébrios. Homens dançavam entre si. Os mais dados às marinheiras eram o cura Velarde e o juiz Ortega. O cura tirou a batina e se tornou o protagonista da festa. Dançava e cantava no meio de todos em voz alta. Depois propôs ir à casa de uma família de *chicheras*, o cura e o doutor Riaño tinham ideias escabrosas sobre as moças índias. Mas alguém disse que não podiam ir, pois o pai delas fora baleado na praça.

De braços dados, o prefeito Parga, o subprefeito Luna e os irmãos Marino, discutiam de maneira acalorada. O prefeito balbuciava, cambaleando bêbado:

— Eu sou a favor dos gringos! Eu lhes devo tudo! A prefeitura, Tudo! São meus patrões! São os homens de Colca!

— Não de Colca — disse Mateo Marino —, mas do Estado! Eles é que mandam! Caralho! Viva *mister* Taik, senhores!

O subprefeito Luna, homem versado em temas internacionais, explicava entusiasticamente a seus amigos:

— Ah, senhores! O maior país da terra é o Estados Unidos! Que progresso fantástico! Que riqueza! São uns grandes homens os gringos! Vejam que quase toda a América do Sul está nas mãos das finanças norte-americanas! As melhores empresas mineiras, as ferrovias, as explorações de borracha e açúcar, tudo é feito com os dólares de Nova Iorque! Ah, isso é formidável! E vão ver que a guerra europeia não terminará, enquanto os Estados Unidos não entrarem nela! Lembrem-se do que lhes digo! Mas é claro, esse Wilson é ótimo! É um talento, que discursos ele faz! Outro dia li um!... Caralho! Não há dúvida!...

José Marino argumentou com entusiasmo:

— Mas principalmente a *Mining Society*! É a maior empresa mineira do Peru! Possui minas de cobre no Norte, minas de ouro e prata no Centro e no Sul, em todas as partes! Mister Weiss me dizia em Quivilca o que era a *Mining Society*! Que empresa grande! Só lhes digo que os sócios da *Mining* são os maiores milionários dos Estados Unidos! Muitos deles são banqueiros e sócios entre milhares de empresas de açúcar, minas, automóveis, petróleo! *Misters* Taik e Weiss têm uma fortuna colossal!...

— Bom, senhores — disse o cura Velarde, se aproximando do braço do juiz Ortega — O que aconteceu?

— Estamos aqui — respondeu orgulhoso Mateo Marino — falando dos gringos!

— Ah! — exclamou o cura —. Os gringos são os caras! Façamos um brinde aos norte-americanos. Eles é que mandam! Que coisa! Vi o próprio bispo se curvar diante de *mister* Taik, uma vez que estive em Cusco. O bispo queria mudar o cura de Canta, *mister* Taik se opôs, claro, e o monsenhor teve que se curvar!...

Mateo Marino ordenou aos músicos em voz alta:

— Toquem! Ataquem! Ataquem!

Os músicos, que estavam no corredor e ignoravam o que falavam nos salões, "atacaram" uma música fogosa, rítmica e um pouco monótona. Um vozerio confuso e ensurdecedor surgiu nos salões. Todos tinham um copo na mão e falavam aos gritos, por sua vez:

— Viva os Estados Unidos! Viva a *Mining Society*! Viva os norte-americanos! Viva Wilson! Viva *mister* Taik! Viva *mister* Weiss! Viva Quivilca! Viva, senhores, o subprefeito da província! Viva o prefeito! Viva o juiz de primeira instância! Viva o senhor Iglesias! Viva Marino & Irmãos! Abaixo os índios! Abaixo!...

No meio da bagunça, entre as notas entusiasmadas do "ataque", soaram vários tiros de revólver. O juiz Ortega e o cura Velarde tiraram seus lenços e começaram a dançar. Os músicos, ao vê-los, passaram a tocar, sem ideia de continuidade, a fuga de uma marinheira irresistível. Os outros rodearam o cura e o juiz, batendo palmas e dando gritos estridentes e frenéticos.

O dia começou a raiar entre as serras nevadas e longínquas dos Andes.

***

No dia seguinte, o dr. Riaño fez a necropsia dos cadáveres. Três dos feridos morreram de madrugada. Alguns dos cadáveres foram enterrados à tarde.

O subprefeito Luna, à volta da uma, ainda na cama, recebeu a resposta do prefeito no seu correio matinal. O telegrama dizia assim:

"Subprefeito Luna. Colca — Ensejando sucesso, felicito-o atitude ante atentado indiada e restabelecimento ordem pública. (assinado) Prefeito Ledesma". Luna começou a ler sua correspondência e jornais. Subitamente, com um sorriso de satisfação, chamou o ordenança Anticona:

— Anticona!

— Sim, senhor.

— Vá chamar o senhor José Marino. Diga-lhe que estou esperando-o, que venha imediatamente.

— Certo, senhor.

Pouco depois, José Marino entrava no quarto do subprefeito, feliz e sorridente:

— Dormiu bem?

— Sim — disse Luna, com um gesto sonolento —. Entre, sente-se. A bebida sempre me causa mal-estar. É a velhice. O que queria!

— Eu, não! Dormi como um porco!

— Bom, meu caro Marino. Acabo de receber um telegrama do prefeito! Veja!...

O subprefeito lhe estendeu o papel, e José Marino leu.

— Magnífico! — falou Marino —. Magnífico! Veja você, o que lhe dizia ontem! Naturalmente! O prefeito e o ministro têm que aprovar o que o senhor fez. Além do mais, vou escrever em seguida a *mister* Taik, contando-lhe o que aconteceu e dizendo-lhe que o recomende imediatamente a Lima e Cusco, para que aprovem logo os fatos de ontem e não transfiram o senhor de Cannas.

— Isso! Isso! Bom! Bom! Deixo ao seu cuidado. Quanto aos índios que estão presos, me parece que você pode pegar uns quinze para as minas. Também acabei de ler no jornal que os norte-americanos entraram na guerra europeia.

— Sim? — perguntou José Marino, excitado.

— Sim, sim! Acabei de ler no jornal.

— Então, *mister* Taik também já deve estar sabendo a essas horas e precisou redobrar o trabalho nas minas. Precisa enviar de imediato a Mollendo, para embarcar rumo à Nova Iorque, uma grande carga de tungstênio.

— Justamente por isso chamei-o aqui, para dizer-lhe que, tendo em vista a falta de trabalhadores na *Mining Society*, disponha hoje mesmo, se assim quiser, de quinze índios dos que agora estão presos.

— Não seria possível pegar uns vinte?

— De minha parte, teria o maior gosto. Sabe que estou aqui para servi-los, isso é o que me interessa. Sei que enquanto *mister* Taik estiver feliz e satisfeito comigo, não tenho o que temer. Mas já lhe disse ontem que necessito, também, de pelo menos cinco recrutados antes do fim do mês. Tenho ainda que pegar mais três que faltam para completar o meu contingente. Não posso ficar mal com o prefeito. Ponha-se no meu lugar. Além do mais, convém ter cuidado sobre isso dos índios para Quivilca. Há que desconfiar de Riaño e do velho Iglesias. Se o velho Iglesias ficar sabendo que eu lhe cedi vinte índios para Quivilca, ele vai querer também outros tantos para a sua fazenda, e, como está sempre escrevendo para Urteaga, pode me indispor com o governo...

— Mas se temos *mister* Taik conosco...

— Sim, sim, mas é bom sempre estar bem com o deputado...

— Não, não, não! Eu o asseguro que o velho Iglesias não tem como saber. Quivilca está longe. Já que os índios estão nas minas, ninguém saberá nada sobre eles, nem onde estão, nem o que fazem, nada.

— E as famílias dos índios? Se forem a Quivilca?

— Muito bem. Se os impedir, não farão nada. Além do mais, é preciso dizer a todos que foram postos em liberdade, que os índios fugiram com medo. Fazendo dessa maneira, se alguém souber que alguns estão nas minas, pode-se dizer que eles mesmos foram para Quivilca, com medo dos castigos sobre o acontecimento de ontem...

José Marino e o subprefeito Luna combinaram dessa maneira. Na noite deste mesmo dia, uma seleção prévia de vinte índios, os mais humildes e ignorantes, foram levados pela madrugada, de três em três. A cidade estava sob o silêncio total. As ruas encontravam-se desertas. Os índios seguiam cercados pelos soldados, sob a mira das armas, conduzidos para fora de Colca, a caminho de Quivilca. Aí formaram o grupo completo dos vinte índios prometidos por Luna a Marino & Irmãos, às quatro da manhã partiram para as minas de tungstênio. Os índios seguiam presos pelos braços, todos atrelados entre si por uma corda grossa amarrada na cintura, formando uma fila. José e Mateo Marino escoltavam o grupo a cavalo, acompanhados de um soldado e quatro homens de confiança, contratados pelos irmãos. Os sete homens guardavam os índios armados de revólveres, carabinas e munição abundante.

A marcha forçada, para evitar algum acidente pelo caminho, seguiu por atalhos distantes. Ninguém falou qualquer coisa aos índios, nem para onde seriam levados, por quanto tempo, ou em que condições. Obedeciam sem proferir uma palavra. Se entreolhavam, não compreendendo nada, avançavam lentamente a pé, a cabeça baixa e sob um silêncio trágico. Para onde estavam indo? Seguiam talvez rumo a Cusco, em seguida compareceriam diante dos juízes por causa dos mortos de Colca. Mas eles não fizeram nada! Quem sabe, quem sabe! Ou talvez estivessem sendo conduzidos por serem recrutas. Mas os velhos também eram recrutados? Sabe-se lá! Então por que os Marino iam com eles e outros civis sem roupa militar? Estariam ajudando o subprefeito? Levavam-nos para longe, para um local remoto, por terem sido presos na praça durante o tiroteio? Mas onde ficava esse lugar, por que castigá-los assim, levando-os para longe? Sabe-se lá! Quem sabe! Nem um pouco de milho! Ou trigo e cevada! Uma bola de coca! Quando amanheceu e o sol começou a esquentar, muitos sentiram sede, mas não deram sequer um pouco de *chicha*! Nem um gole de pisco! Nem um copo de água! E as famílias? A pobre Paula, grávida! E Santos, tão novo ainda! E *taita* Nico, que ficou almoçando no curral! Mama Dolores, tão fraca a pobrezinha, e tão boa! E os *rocotos*[7] amarelos, já maduros! O Tingo do milho[8], tão verde! E o galo de briga para levá-lo a Chuca!... Tudo ia ficando para trás... Até quando? Quem sabe, quem saberia!

[7] Espécie de pimenta; pimentões.
[8] Localidade de Arequipa

III

Poucas semanas depois, o ferreiro Huanca conversava em Quivilca com Leônidas Benites, e o aferidor da mina e ex-amante da finada Graciela. Era noite. Estavam na casa deste, situada no acampamento dos trabalhadores, mas distante de Quivilca, próximo de um local chamado "Saia se puder". No único quarto da casa miserável, onde o ajudante vivia só, ardia ao lado de uma cama um candeeiro de querosene. Tinham como mobília um banco grosseiro de pau e dois troncos de alcanforeira para se sentar. As paredes eram forradas de jornais, havia fotografias coladas com goma, tiradas do *Variedades* de Lima. Os três homens falavam em voz baixa. Às vezes, se calavam e observavam com precaução, entre os agaves ao pé da porta, a rua erma e fundida no silêncio da *puna*. Que motivo insólito reuniria num local semelhante tais homens, tão distintos uns dos outros? Que fato inaudito movera Benites, a ponto de arrastá-lo até o humilde aferidor e, o que era mais estranho, até Servando Huanca, o ferreiro rebelde e soturno? Por outro lado, como Huanca fora parar em Quivilca, após os acontecimentos sangrentos de Colca?

— Então, estamos de acordo? — inquiriu com veemência Huanca a Benites e o aferidor.

Benites parecia titubear, mas o ajudante, num tom convicto, respondia:

— Eu acredito! Estou completamente convencido!

Servando Huanca voltou à carga sobre Benites.

— Mas, vamos ver, senhor Benites. O senhor não está convencido de que os gringos e os Marino são uns ladrões e criminosos, que vivem e enriquecem às custas da vida e do sangue dos índios?

— Completamente convencido — disse Benites.

— Então? É isso que acontece em todas as minas, em todos os países do mundo: no Peru, na China, na Índia, na África, na Rússia...

— Mas não nos Estados Unidos, Inglaterra, França ou Alemanha, porque ali os trabalhadores estão muito bem...

— "As pessoas mais pobres estão bem"? Se é pobre, não pode estar bem...

— Quer dizer que os patrões da França, Inglaterra, Alemanha e dos Estados Unidos, não são tão maus nem exploram seus compatriotas, como fazem com os indígenas dos outros países...

— Muito bem, muito bem. Os patrões e milionários franceses, norte-americanos, alemães, ingleses, são tão ladrões e criminosos com os trabalhadores da Índia, Rússia, China, Peru, Bolívia, como são também com os trabalhadores dos seus respectivos países. Em todas as partes, mas em várias há alguns que são patrões e outros que são trabalhadores, uns são ricos e outros pobres. O que a revolução procura é colocar abaixo todos os patrões e gringos exploradores do mundo, para libertar os índios e trabalhadores de todas as partes. Vocês leram o que os jornais estão dizendo que na Rússia os trabalhadores e camponeses se insurgiram? Se revoltaram contra os patrões, os ricos, os grandes agricultores, contra o governo e os tiraram, agora o governo é outro...

— Sim, sim. Li *O Comércio* — dizia Benites —. Mas se insurgiram só contra o czar. Não contra os patrões e fazendeiros ricos, porque há sempre patrões e milionários... Só tiraram o czar.

— Sim, mas vocês vão ver!...

— Claro! — disse Benites, entusiasmado —. Há um novo governo na Rússia, um grande homem, que se chama... que se chama...

— Kerensky! — disse Huanca.

— Este, este, Kerensky. Dizem que é muito inteligente, um grande orador e muito patriota, irá fazer justiça aos trabalhadores e aos mais pobres.

Servando Huanca começou a rir, repetindo com ironia:

— Qual justiça! Qual justiça!...

— Sim, porque é muito inteligente, honrado e patriota...

— Será outro czar, nada mais! — disse taxativamente o ferreiro — Os inteligentes nunca fazem nada de bom. Os que são inteligentes e não estão com os trabalhadores e os pobres, só sabem ascender e sentar-se no governo, tornando-se, eles também, ricos, se esquecendo dos mais necessitados e dos trabalhadores. Li, quando trabalhava nos vales açucareiros de Lima, que agora há um homem em todo o mundo, chama-se Lênin, e é a única figura inteligente que está sempre com os trabalhadores e os pobres, que trabalha para lhes fazer justiça contra os patrões e fazendeiros criminosos. Este, sim, é um grande homem! Vocês vão ver! Dizem que é russo, e que os patrões de todas as partes não o podem ver nem pintado, os governos perseguem-no para fuzilá-lo...

O agrimensor dizia incrédulo:

— Tampouco fará alguma coisa. O que vai fazer, se o perseguirem para fuzilá-lo?

— Vocês vão ver! Vão ver! Tenho um jornal que trouxe escondido de Lima. Falam aí que Lênin vai à Rússia, vai fazer com que a massa se revolte contra Kerensky, para destituí-lo e colocar no poder o povo e os trabalhadores. Dizem também que o mesmo vai acontecer em todas as partes: no Peru, no Chile, em todos os países, vão tirar os patrões e os gringos, e nos colocar no governo, nós os pobres e os trabalhadores!

Benites sorria cético. Por outro lado, o aferidor ouvia o ferreiro com profundo fervor.

— Isso — disse Benites, preocupado — é muito difícil. Os índios e os trabalhadores não podem ser governo. Não sabem ler, são ignorantes. Além do mais, há duas coisas que não podemos esquecer: primeiro, que os trabalhadores sem os intelectuais — advogados, médicos, engenheiros, sacerdotes, professores — não podem fazer nada, não podem, não puderam nem poderão nunca! Segundo, se os trabalhadores estivessem preparados para governar, teriam que ceder sempre os postos aos que aplicam o capital, porque os trabalhadores só aplicam o seu trabalho...

— Muito bem. Mas nos entendamos, senhor Benites! Já lhe disse que...

— De acordo, sim. Estamos de acordo que devem governar só os que...

— Não, não, não! Espere um instante! Faça-me um favor, deixe-me falar! Vamos por ordem: você disse que os trabalhadores não podem fazer nada sem advogados, professores, médicos, sacerdotes, engenheiros. Bom, acontece que os curas, professores, advogados e outros mais, são os primeiros ladrões e exploradores do índio e do trabalhador.

Benites protestou.

— Não, senhor! Não, senhor!...

— Sim, senhor! Sim! — dizia o ferreiro com veemência.

— Sim! Sim! Sim! — dizia também com ímpeto o ajudante —. Os médicos, os engenheiros e todos esses que se acham muito inteligentes, são ladrões e enganam os índios e os pobres. Sim! Sim! Você mesmo — acrescentou irritado o aferidor, dirigindo-se categoricamente ao agrimensor —, você mesmo, o professor Zavala e o engenheiro Rubio participaram da morte de Graciela no empório!...

— Não, senhor! Você está equivocado! — argumentava em tom receoso Benites.

— Sim, sim — dizia o aferidor da mina, desafiando o agrimensor —. Você é um hipócrita, que só veio ver Huanca para se vingar dos gringos e dos Marino, porque foi demitido e roubado pelos seus sócios, nada mais. Você e Rubio foram os primeiros, como Marino, a saquear os terrenos, os animais e os grãos dos Soras, depois os jogaram nas minas, para que morressem entre as máquinas e a dinamite, como cachorros... Agora quer nos enganar, dizendo que está conosco, quando não é verdade. Basta que os gringos e os Marino o chamem para ocupar um cargo, e você passa para o lado deles. Será o primeiro a nos trair, revelar aos patrões o que estamos fazendo e discutindo aqui. Sim! Sim! Os engenheiros, professores, doutores, curas, todos são assim, todos! Não podemos acreditar neles! Nada! São ladrões, criminosos, traidores, hipócritas, sem-vergonhas!...

— Basta, basta! Calado! — disse afetuosamente Huanca ao ajudante, interpondo-se entre ele e Leônidas Benites —. Já está, já está! Não adianta nada ficar assim. É preciso ficar sereno. Nada de alvoroço nem precipitação! O revolucionário deve ser tranquilo...

— Ademais — dizia Benites, pálido e lamentoso —, eu não fiz nada disso! Juro por minha mãe que não participei na morte de Graciela.

— Bom, bom! — disse tranquilamente Huanca —. Esqueçamos isso agora! Vamos ao ponto! Eu lhe dizia — acrescentou dirigindo-se a Benites — que os curas e os doutores também são inimigos dos índios e dos trabalhadores. O que aconteceu em Colca daquela vez? O subprefeito, o médico, o juiz de primeira instância, o prefeito e o sargento, o *gamonal* Iglesias, e os soldados mataram mais de quinze pobres índios! O caolho Ortega foi o mais cruel e sanguinário! E o cura Velarde? Não percorreu com eles o povoado, revólver na mão, perseguindo à bala os índios inocentes?... E o professor Garcia?...

O aferidor, com a cara abrasada de raiva, andava nervoso pelo recinto. Leônidas Benites ouvia Huanca, cabisbaixo, como se estivesse numa profunda luta interior. As argumentações do ferreiro suscitavam em seu espírito uma incerteza aguda. Benites, no fundo, acreditava de maneira absoluta na doutrina segundo a qual são os intelectuais que devem dirigir e governar os índios e os pobres. Aprendera isso no colégio e na universidade, continuava lendo livros, revistas, jornais nacionais e estrangeiros. Contudo, Benites, esta noite, tinha opinião contrária de Servando Huanca, mas mantinha a atenção estranha, o respeito e até simpatia. Por quê? Na verdade, *misters* Taik e Weiss demitiram-no do seu cargo de agrimensor, José Marino rompeu com a sociedade que tinha com ele de cultivo e criação. Agora Benites odiava, por esses motivos, os patrões gringos, tanto como os patrões peruanos — estes últimos encarnados nas figuras de Marino & Irmãos —. Estabelecia contato com Huanca — sua consciência dizia — para colocar os trabalhadores contra a *Mining Society* e — o que era mais grave — provocando assim a insurreição das massas contra a ordem social e econômica reinante, mas havia um grande abismo... E se as pretensões do ferreiro não fossem só essas! Se o ferreiro quisesse apenas o aumento dos salários dos trabalhadores, boa comida, diminuição das horas de trabalho, descanso à noite e aos domingos, assistência médica e farmacêutica, remuneração por acidentes de trabalho, escolas para os filhos dos trabalhadores, dignidade moral dos índios, livre exercício dos seus direitos e, por último, justiça idêntica para grandes e pequenos, para patrões e trabalhadores, poderosos e desvalidos!... Mas isso não era tudo. Servando Huanca ousava falar de revolução, tirar os milionários e grandes caciques do poder e o colocar nas mãos dos trabalhadores e camponeses, passando por cima da gente culta e ilustrada, como os advogados, engenheiros, médicos, homens de ciência e sacerdotes!... O agrimensor não podia conceber um ferreiro como ministro, e um bispo, um catedrático ou um sábio, pedindo audiência a esse ministro, esperando-o numa antessala. Ah, não! Isso ultrapassava os limites e todo discernimento. Vamos supor que muitos intelectuais fossem ardilosos e exploradores do povo. Mas, julgando a coisa no terreno estritamente científico e técnico, para Benites a ideia e os homens de ideias constituem a base e o ponto de partida do progresso, o que poderiam fazer os pobres camponeses e trabalhadores no dia em que comandassem um governo? Sem conhecimento, sem noção, sem consciência de nada! Rebentariam! Benites estava completamente convencido disso. E justamente por essa razão, o agrimensor não sabia explicar por que continuava ouvindo e discutindo com Huanca, um louco, diante de quem ele, Benites, parecia nada mais do que um inimigo e explorador da classe operária e camponesa.

— Mas Huanca — argumentou Benites —, não fale besteira. Nós, os intelectuais, estamos longe de ser inimigos da classe operária. Pelo contrário, eu por exemplo, sou o primeiro a vir falar com vocês espontaneamente, sem ninguém a me obrigar, até com o risco de que os gringos descubram e me expulsem de Quivilca...

O aferidor lhe respondeu de maneira ríspida:

— Eu aposto que se amanhã os gringos voltassem a lhe dar o emprego, você nos esqueceria, e se houvesse oportunidade, seria o primeiro a mandar bala nos trabalhadores...

— Sim, sim! — disse Huanca — Os trabalhadores não podem confiar em ninguém, porque nos traem. Nem doutores, engenheiros, muito menos os curas. Os trabalhadores estamos sós contra os gringos, os milionários, os *gamonales* do país, contra o governo, contra os comerciantes e contra vocês, os intelectuais...

Leônidas Benites se sentiu profundamente ofendido por essas palavras do ferreiro. Magoado, humilhado e até triste. Embora contestasse a maior parte das ideias de Huanca, uma misteriosa e irrefreável simpatia crescia em seu espírito pela causa global dos pobres trabalhadores das minas. Benites presenciara muitos ultrajes, roubos, crimes e ignomínias, praticados contra os índios pelos gringos, as autoridades e os grandes fazendeiros de Colca, Cusco, Cola, Accoya, de Lima e de Arequipa. Sim, Benites agora se lembrava. Uma vez, numa fazenda de açúcar dos vales de Lima, Leônidas Benites estava a passeio, convidado por um colega da universidade, filho de um proprietário, senador da república e professor da Faculdade de Direito na Universidade Nacional. Este homem, célebre na região pelo despotismo sanguinário com os trabalhadores, costumava levantar-se de madrugada para vigiar e surpreender seus homens. Numa destas incursões noturnas pela fábrica, Benites e o amigo o acompanharam. A fábrica estava em plena moagem, eram duas da manhã. O patrão e seus acompanhantes esgueiraram-se em sigilo até uma plataforma, perto das turbinas, deram a volta pelas máquinas *wrae* e desceram por uma escada estreita até a seção das centrífugas. Se detiveram num ponto observando os trabalhadores, sem serem vistos. Benites viu então uma multidão de homens quase totalmente nus, com uma pequena tanga como única roupa; agitavam-se febris em várias direções, diante de enormes cilindros que produziam estampidos isócronos e ensurdecedores. Os corpos dos trabalhadores, devido ao calor sufocante, estavam banhados em suor, os seus rostos e os olhos tinham uma expressão angustiante, lívida, de pesadelo.

— Que temperatura está aqui — perguntou Benites.

— Uns 48/50 graus — disse o patrão.

— E quantas horas seguidas os homens trabalham?

— Das seis da tarde às seis da manhã. Mas ganham um prêmio.

O patrão disse isso e se afastou nas pontas dos pés, na direção dos trabalhadores nus, sem que eles o vissem:

— Um momento. Esperem-me aqui. Um momento...

O patrão avançou rapidamente, pegou um balde, encheu de água fria numa torneira. O que o homem ia fazer? Um dos trabalhadores, estava sentado, um pouco afastado, na beira de uma placa de aço. Apoiando a cabeça em seus joelhos, banhado de suor até nas mãos, ele dormia. Alguns trabalhadores o advertiram sobre o patrão, tremendo de medo. Foi então que Benites viu com seus próprios olhos estupefatos uma cena selvagem, diabólica, incrível. O patrão se aproximou silenciosamente do trabalhador que dormia e esvaziou o balde de água fria em sua cabeça, de uma só vez.

— Animal! — gritou o patrão dizendo — Seu vadio! Sem-vergonha! Ladrão! Roubando o meu tempo!... Vai trabalhar, vai trabalhar!

O trabalhador deu um salto, seu corpo se contraiu no chão, num tremor longo e convulsivo, como um frango em agonia. Em seguida se levantou num só movimento, lançando um olhar fixo e sanguinolento para o vazio. Depois de voltar a si, um pouco tonto ainda, retomou o trabalho.

Ele morreu naquela mesma madrugada.

Benites recordou essa cena num relâmpago, enquanto Servando Huanca lhe falava e ao aferidor:

— Há uma só maneira para que vocês intelectuais façam algo pelos pobres trabalhadores, se é que querem, na verdade, nos provar que não são já nossos inimigos, mas companheiros. A única coisa que podem fazer por nós, é nos ouvir, acatar nossas ordens e se dispor ao serviço dos nossos interesses. Nada mais. Hoje, é a única maneira de nos entendermos. Depois veremos. Mais tarde trabalharemos juntos e em harmonia, como verdadeiros irmãos... Escolha você, Benites!... Escolha você!...

Os três homens ficaram em silêncio. O ferreiro e o aferidor olhavam atentamente para Benites, esperando sua resposta. O agrimensor seguia meditabundo, a cabeça baixa. O peso dos argumentos de Huanca o estavam trazendo à terra. Não conseguiria. Já se sentia quase vencido, por muito que agora não explicasse a si mesmo a sua teimosa inclinação pela causa dos índios e trabalhadores. Benites não se dava conta, ou não queria, de que se agora estava com estes dois homens, era porque caíra em desgraça com os gringos e com Marino & Irmãos. Por que não teve pena antes dos trabalhadores e *yanaconas*, quando era agrimensor da *Mining Society*, e privava, como amigo, com *misters* Taik e Weiss? Era o tipo clássico de pequeno burguês crioulo, de estudante peruano disposto a todas as complacências com os grandes potentados, todos os arrivismos e covardias da sua classe. Leônidas Benites, ao perder o seu cargo nas minas e ser expulso pelos patrões e cúmplices, caiu num grande abatimento moral. O seu infortúnio era tão completo que se sentia o menor e mais desgraçado dos homens. Vagava agora só, como um sonâmbulo, cada dia mais magro e timorato, pelos acampamentos dos trabalhadores, entre as rochas de Quivilca. Durante as noites, não conseguia dormir e, frequentemente, chorava na cama. Uma crise nervosa o devorava. Numa ocasião teve pensamentos obscuros, entre eles, a ideia de suicídio. Para Benites, a vida sem trabalho, sem a situação social, não valia a pena ser vivida. Sua têmpera moral, sua temperatura religiosa, enfim, todo o instinto vital cabia à perfeição num salário e no aperto de mão do magnata. Perdidos estes dois polos fundamentais da sua vida, a queda foi automática, tremenda, quase mortal. Quando teve notícias de quem era Huanca, da sua chegada oculta em Quivilca, o agrimensor sentiu um súbito abalo moral, antes de procurá-lo. Até que numa noite sua desesperança atingiu o limite, não conseguiu se conter e procurou o ferreiro.

Pelo seu lado, Servando Huanca não quis, no início, saber quais eram seus propósitos. O ajudante alertara Huanca sobre toda a situação corrente dos trabalhadores, patrões e altos funcionários da *Mining Society*, falou de forma negativa sobre Leônidas Benites. Apesar da insistência dramática e angustiante do agrimensor em ficar ao lado dos trabalhadores e, em particular, a circunstância de Benites ter sido demitido da empresa pesaram no ânimo e na tática de Huanca, estabelecendo então contato com o agrimensor. Quem sabe ele — o ferreiro pensava consigo mesmo — tivesse algum segredo, uma confidência, algum documento ou qualquer outra arma estratégica para combate e que surpreenda, ligada à gestão interna da empresa e dos seus diretores.

— De que maneira pode nos ajudar? — perguntou Huanca a Benites, logo no primeiro encontro.

— Ah! — respondeu sério o agrimensor —. Falo depois... Tenho em minhas mãos algo formidável! Noutro dia lhes falo!...

Servando Huanca aguardava ansioso essa revelação do agrimensor, daí sua campanha tenaz e ardorosa em conquistá-lo totalmente para a causa dos trabalhadores. Além do mais, o ferreiro tinha pressa em ver e se orientar, no que toca às fragilidades da *Mining Society* e os gringos, iniciar de imediato os seus trabalhos de propaganda e agitação entre as massas. Por impulso próprio, os trabalhadores já começavam a dar sinais práticos de descontentamento e protestos. Por isso, não havia tempo a perder. Huanca voltou a dizer agora ao agrimensor, de maneira acalorada:

— Pode escolher! Escolha com sinceridade, com franqueza e sem enganar a você mesmo! Abra bem os olhos! Pense! Você mesmo me disse que lhe dão asco, pena e raiva os crimes e roubos dos Marino! Você mesmo está convencido de que a *Mining Society* não faz mais do que vir ao Peru usurpar nossos minerais e levá-los para o estrangeiro! Então? E você, por que o demitiram? Cumpria com o seu dever? Trabalhava? Então?

— Porque Taik se deixa levar pelas injúrias de Marino! — respondeu Benites sob protesto veemente —. Por isso, porque Marino me detesta! Só por isso! Mas eu sei como me vingar, por esta luz que nos ilumina! Eu me vingarei!...

Huanca e o ajudante, impressionados com a promessa rancorosa de Benites, ficaram a observá-lo.

— Isso mesmo! — disse Huanca a Benites —. É preciso se vingar das injustiças dos ricos! Mas que isso não fique só em palavras! É preciso fazê-lo!

O aferidor disse, por seu lado, enfurecido:

— E eu! E eu!... Vão me pagar o que fizeram com Graciela! Ah! Gringos filhos da puta!...

Os três homens estavam abespinhados. Uma atmosfera dramática, sombria, de conspiração, reinou sobre o local. Leônidas Benites se aproximou da porta, olhou para fora e se voltou em direção dos dois homens.

— Tenho como travar a *Mining Society*! — lhes disse em voz baixa —. *Mister* Taik não é norte-americano. É alemão! Tenho a prova: uma carta da mãe, escrita de Hannover! Caiu do seu bolso uma noite, no empório, quando estava bêbado...

— Muito bem! — o ferreiro disse a Benites —. Muito bem. O que importa é que esteja decidido a ficar do nosso lado e lutar contra os gringos. Há mil maneiras de fodê-los!... As greves, por exemplo! Já que quer colaborar e você mesmo me procurou para falar sobre tais coisas, eu gostaria de saber se você pode ou não me ajudar a mobilizar os trabalhadores...

Após um longo silêncio dos três, sob grande tensão nervosa, Benites, perturbado pelas verdades claras e sinceras do ferreiro, disse decidido:

— Certo! Eu estou com os trabalhadores! Contem comigo!... A carta de *mister* Taik está à disposição de vocês!...

— Muito bem! — disse com firmeza Huanca —. Então, amanhã à noite, é preciso trazer aqui o comerciante Garcia, o mecânico Sanchez e o servente dos gringos. Você — acrescentou, dirigindo-se a Benites —, amanhã me traz a carta de *mister* Taik também. Creio que seremos então seis. Hoje começamos com três. Bom número!...

Instantes depois, Leônidas Benites deixou o local, tendo cuidado para não ser visto. A seguir, saiu Servando Huanca, tomando as mesmas precauções. Retirou-se pela direita, andando devagar e calmo, se afastou ladeira abaixo, pelo "Sai se puder". Seus passos desapareceram na distância.

O ajudante trancou a porta da casa, apagou o candeeiro e se deitou. Não costumava tirar a roupa, por causa do frio e da cama miserável. Não conseguia dormir. Entre os seus pensamentos fervilharam as imagens das admoestações do ferreiro sobre trabalho, salário, jornada, patrões, trabalhadores, máquinas, exploração, indústria, produtos, reivindicações, consciência de classe, revolução, justiça, Estados Unidos, política, pequena burguesia, capital, Marx, misturados a outras que cruzavam a sua mente nesta noite, como a recordação de Graciela que morrera. Gostava muito dela. Foi assassinada pelos gringos, José Marino e o comissário. Lembrando-se dela agora, o ajudante começou a chorar.

O vento soprava lá fora. Era o prenúncio de tempestade.

O REALISMO TRÁGICO DE CÉSAR VALLEJO

Jorge Henrique Bastos

Se observarmos a década de 1930, fatos determinantes marcaram o mundo nos anos anteriores àquela época. A Primeira Guerra Mundial, a depressão americana, conflitos europeus que se acentuaram até o culminar da Guerra Civil espanhola, para se concluir com a catástrofe da Segunda Guerra e a mortandade de milhões de pessoas.

Na América Latina as crises e convulsões políticas, econômicas, sociais e culturais se evidenciaram no continente durante séculos. E ainda se manifestam. Portanto, era inevitável que a arte e a literatura refletissem sobre tais amálgamas, se galvanizando simbolicamente na obra de artistas, escritores e pensadores. Mas não podemos circunscrever estes reflexos só na América Latina. Ocorreu o mesmo processo na América do Norte ou

Capa da primeira edição, Cenit, Espanha, 1931

César Vallejo, por Pablo Picasso, 1938

no Brasil. Basta observar a obra de um romancista como John Steinbeck (1902-1968), ou toda a plêiade de escritores brasileiros da Geração de 30, como José Lins do Rego ou Graciliano Ramos.

O poeta, dramaturgo e ficcionista peruano, César Vallejo (1892-1938), foi um observador genuíno destes acontecimentos. O autor é amplamente conhecido pela sua poesia, a se destacar obras como Os arautos negros *(1918),* Trilce *(1922) e Espanha, afasta de mim este cálice (1940) que o situaram como um dos maiores autores da poesia hispano-americana. No Brasil, sua obra poética passou a ser alvo de traduções a partir dos anos 80, com uma versão do poeta Thiago de Mello. Mas foi traduzido também por figuras como Haroldo de Campos ou Amálio Pinheiro1.*

Contudo, grande parte da produção literária de Vallejo se mantém desconhecida, embora seja reavaliada de maneira contínua, mas limitada a um círculo de devotos. É o que acontece com a sua ficção, colocada quase sempre em segundo plano.

[1] *Poesia Completa*, trad. Thiago de Mello, RJ, Philobiblion, 1986; *César Vallejo — abalo corpográfico*, Amálio Pinheiro, SP, Arte Pau Brasil, 1986; A dedo, trad. Amálio Pinheiro, SP, Arte Pau Brasil, 1986.

César Vallejo, Nice, 1929

A obra de Vallejo apresenta vários volumes, divididos entre poesia, teatro, ficção, ensaio, correspondência, entre outros. No que concerne ao território ficcional, o poeta peruano legou-nos títulos como Escalas melografiadas (1923), Fábula salvaje *(1923),* Hacia el reino de los Sciris *(1931) e* El tungsteno *(1931)*[2]. Tungstênio *é a primeira tradução para o português da sua obra narrativa. Trata-se do exemplo categórico da consciência do poeta diante da realidade peruana, e na esteira, da América Latina e do mundo.*

O livro foi publicado a primeira vez em Madri, em 1931, após Vallejo ter sido expulso da França devido às suas atividades políticas. Neste período, estabeleceu contatos com inúmeros escritores como Federico García Lorca, Rafael Alberti, Gerardo Diego e José Bergamín. O cholo *peruano vivia na capital francesa desde 1923, onde colaborava com jornais latino-americanos, mantendo contatos com as vanguardas que despontavam naquele momento.* Tungstênio *acaba por adquirir uma projeção seminal, pois cimenta as bases da novela indigenista, no Peru, antecipando-se a*

[2] 2 Narrativa Completa, edição de Ricardo Silva-Santisteban e Cecilia Moreano, Lima, PUCP, 1999.

Mina de tungstênio, Peru

autores surgidos posteriormente como José María Arguedas ou Ciro Alegría.

Tungstênio *se passa em Colca, capital do distrito de Quivilca — alusão a Quiruvilca, região em que nasceu Vallejo —, onde se localizam as minas de tungstênio. A riqueza mineral é explorada por uma empresa norte-americana que utiliza a mão de obra indígena e da população desvalida, arregimentando homens obrigados a trabalhar em regime de semiescravidão, e enviando o metal para os Estados Unidos, que estava na iminência de entrar na Primeira Guerra Mundial. Tudo acontece sob o conluio do poder local. O poeta não dissimula em nenhum momento que sua novela é de denúncia, escancarando o apoio das oligarquias, em detrimento dos direitos do povo em geral. O* cholo *universal, como era carinhosamente chamado por seus contemporâneos europeus, escudou-se na própria realidade, a tal ponto que a empresa americana que surge no livro — Mining Society —, parece ser uma companhia que atuou no Peru entre 1901-1974, a Cerro de Pasco Mining Corporation.*

Vallejo e sua esposa Georgette

Ao contrário dos aspectos oníricos, surreais e humanos que atravessam sua poesia, a ficção vallejiana opera sobre a realidade crua, expõe todas as suas nuances. Tal evidência acaba por converter o realismo estampado e vivo num cotidiano que aprisiona homens e mulheres. Vallejo parece transfundir simbolicamente para a narrativa sua vivência de mestiço — ele era neto de padres espanhóis; suas avós eram índias Mochicas da serra andina — e a perspectiva política que o acompanharam ao longo do seu curto percurso. A experiência que teve como funcionário nas minas de Tambares e Quiruvilca, assim como na fazenda de açúcar, "Roma", onde trabalhou num período fugaz, fomentaram a consciência sobre o drama que os povos despossuídos da sua terra viviam.

Vallejo e Georgette em Paris, cerca de 1928

A perversão que move os personagens é delineada de modo exemplar. O poeta expõe a desumanização dos sistemas, como se quisesse acentuar os matizes que compõem o caráter daqueles que detêm o poder. Vallejo leva ao extremo, incitando a indignação do leitor, mas concretiza seu intento sem criar caricaturas — e isso é o que mais assombra —, ele reproduz as possibilidades que existiram e continuam a existir. A força expressiva de Tungstênio radica na sua atemporalidade simbólica, como se de alguma forma esta voz retornasse num movimento cíclico e potente. A meu ver, isso obstaculiza a crítica que tenta encapsular Tungstênio na intencionalidade ideológica. Creio que sua visão é sobre a condição dos homens, sobre as injustiças que assolam o humanismo em todas as épocas, línguas e culturas.

De resto, o próprio autor definiu bem o que o movia, tal como fez neste autorretrato escrito para uma revista espanhola: "Yo no pertenezco a ningún partido. No soy conservador ni liberal. Ni burgués ni bolchevique. Ni nacionalista ni reaccionario ni revolucionario. Al menos no he hecho de mis actitudes ningún sistema permanente y definitivo de conducta. Sin embargo, tengo mi pasión, mi entusiasmo y sinceridad vitales. Tengo una forma afirmativa de pensamiento y de opinión, una función de juicio positiva. Se me antoja que, a través de lo que en mi caso podría conceptuarse como anarquía intelectual, caos ideológico, contradicción de incoherencia de aptitudes, hay una orgánica y subterránea unidad vital".

Esta organicidade compõe o cerne das três cenas emblemáticas que permeiam a narrativa e se tornam esclarecedoras.

A primeira cena é a do delírio de Benites, o agrimensor que, no final, irá se vingar da companhia de onde foi demitido. Ardendo em febre, ele se vê à frente de Jesus, sendo perseguido por várias figuras. É como se *procurasse a remissão de todas as atrocidades cometidas contra homens e mulheres. Vallejo leva a cabo sua narrativa como se quisesse acicatar o repúdio do leitor, introduzindo-o num mundo atroz e ao mesmo tempo hiperbólico. Estilisticamente o poeta se revela aqui na tensão expressiva, numa passagem que apela ao timbre característico da sua poética.*

A segunda cena é o estupro coletivo contra a mestiça, Graciela Rosada, cometido pelos representantes dos poderes que se servem do corpo da mulher, após ter sido embriagada. A primazia formal de Vallejo se mostra aqui. Tudo decorre sob a perspectiva de um menino, Cucho, sobrinho de José Marino, dono do empório onde acontece o crime. A paleta é acentuada, a sordidez do ato e a impunidade que se segue são descritas com maestria e intensidade.

A terceira cena é quando dois índios são conduzidos à força para servir o exército e um deles falece perante o poder local, após uma caminhada terrível. O povo ensaia um levante na praça, é rechaçado com violência e a chacina é total. Tudo se desenrola sob o olhar de representantes do poder político, religioso e jurídico da cidade, sem demonstrar qualquer pesar com seus conterrâneos, pelo contrário, saúdam os estrangeiros que exploram as minas, revelando o entreguismo explícito e cínico.

Sem dúvida que o substrato melodramático desta pequena novela é esgarçado até o limite. Vallejo exagera o discurso de forma intencional, mas faz isso com certa medida de teatralidade. Por essa razão ele utilizou partes de Tungstênio *numa farsa que escreveu, Colachos Hermanos.*

Como poeta, César Vallejo é considerado um dos mais eminentes da poesia hispano-americana, se ombreando com autores tais como Pablo Neruda, Octavio Paz ou Jorge Luis Borges. Como ficcionista, estava distante do movimento que dominou por décadas a literatura produzida no continente, o realismo mágico. Acredito que ele forjou, na ficção, um realismo trágico *para traduzir a realidade latino-americana e do mundo, estabelecendo fronteiras que permanecem atemporais, se falarmos de direitos espoliados, da manipulação e subjugação dos valores, da intolerância e das injustiças.*

Hoje, é curioso notar como a obra de César Vallejo ainda provoca reações ambíguas, mesmo na sua terra natal, onde é muitas vezes acusado de influir "de manera negativa en el subconsciente colectivo de los peruanos", apesar de ser um autor dos mais admirados e traduzidos no mundo.

O que permanece latente é que os índios soras existem e podem existir em qualquer lugar. O estupro da mestiça Graciela continua a acontecer simbolicamente não apenas no Peru ou na América Latina, mas em qualquer parte do mundo. A exploração e a corrupção grassam não só nas páginas do poeta peruano, mas algures na África, no Oriente Médio, na Europa. Desta maneira, somos aqueles indígenas vilipendiados dos seus direitos, somos aquela

AMAUTA

DIRECTOR:
JOSE CARLOS MARIATEGUI

SUMARIO:

EDITORIAL.—TEMPESTAD EN LOS ANDES, por Luis E. Valcarcel.—CANCION DE NOCHE, por José M. Eguren.—LA CULTURA FRENTE A LA UNIVERSIDAD, por Carlos Sánchez Viamonte.—EL PERSONAJE Y EL CONFLICTO DRAMATICO EN EL TEATRO, LA NOVELA Y EL CUENTO por Antenor Orrego.—VIGILIA No. 2, por Armando Bazán.—RESISTENCIAS AL PSICO-ANALISIS, por Sigmund Freud.—UBICACION DE LENIN, por Alberto Hidalgo.—GREGORIO MARAÑON, por Carlos F. Roe.—CARTA A LOS MAESTROS DEL PERU, por Guillermo Mercado.—SPILCA, EL MONJE, por Panait Istrati, traducción de J. Eugenio Garro.—EL INDIO ANTONIO Y CRISTALES DEL ANDE, por Alejandro Peralta.—LA CANCION VIGOROSA, por Alcides Spelucin.—LO QUE HA SIGNIFICADO LA ASOCIACION PRO-INDIGENA, por Dora Mayer de Zulen.—EL ARTE Y LA SOCIEDAD BURGUESA, por George Grosz.—LA DICTADURA ESPAÑOLA. MARAÑON, ASUA Y LA MONARQUIA, por César Falcón.—LA IGLESIA CONTRA EL ESTADO EN MEXICO, por Ramiro Pérez Reinoso.—NOCHE DE LA SELVA, por Fabio Camacho.—LAS EXPOSICIONES.—MERCADO DE ARTES Y LETRAS.

DIBUJOS de Sabogal, Patiño, Carmen Saco, Grosz, Emquerriloff, Reygada.

LIBROS Y REVISTAS.—INTERVIEWS de "Libros y Revistas".—CON MANUEL BEINGOLEA, por Armando Bazán.—CIRCULOS VIOLETA, por Magda Portal.—EL LIBRO DE LA NAVE DORADA, palabras prologales por Antenor Orrego.—CRONICA DE LIBROS, notas críticas por José Carlos Mariátegui, Alberto Guillén, Ramiro Pérez Reynoso, Armando Bazán y Luciano Castillo.—TOPICOS DE LA NUEVA UNIVERSIDAD.—CRONICA DE REVISTAS.

AÑO I — LIMA SETIEMBRE DE 1926 — NUMERO I

N° 1 da revista Amauta, dirigida por Juan Carlos Mariátegui

mestiça estuprada e somos, também, aqueles homens que se reúnem para enfrentar todas as formas de opressão.

Então, o Peru de Vallejo pode ser o mundo em busca de justiça.

BREVE BIOGRAFIA

César Vallejo (Santiago de Chuco, Peru, 16 de março de 1892 – Paris, França, 15 de abril de 1938) foi um poeta e escritor peruano. Ele é um dos principais poetas da literatura sul-americana.

Era mestiço e suas origens humildes afetaram profundamente sua vida e obra. Estudou literatura e direito.

Em seu primeiro livro de poemas, *Los heraldos negros* (1918), ele revelou os principais temas de sua obra: o luto e a insegurança causados pela morte de sua mãe e irmão, as limitações e o vazio da vida, a dificuldade do homem para lidar com a opressão social e encontrar justiça para superar a falta.

O escritor ficou preso, por três meses, em 1920, por sua atividade política em favor dos ameríndios. Enquanto estava na prisão, ele começou a escrever os poemas de *Trilce*, uma de suas principais obras; nela deixou de lado sua retórica literária usual e usou neologismos, expressões amigáveis, inovações tipográficas e imagens retóricas surpreendentes como um meio de expressar as limitações e impossibilidades do homem.

Após a publicação do curto romance *Fábula salvaje*, em 1923, mudou-se para Paris e nunca mais voltou para sua terra natal, embora nunca tenha rompido laços com o seu povo. Em Paris manteve relações com os principais intelectuais da época, mas devido a problemas políticos teve que se exilar em Madrid em 1930. Em 1931, Vallejo acreditava que o caminho para melhorar a sociedade era o marxismo, juntando-se ao Partido Comunista. Em 1932 voltou a Paris e viveu escondido até retornar à Espanha em 1936; *Poemas humanos* foi baseado nas experiências da Guerra Civil Espanhola (1939), poemas que constituíram a última coletânea da sua poesia.

Outras obras notáveis de Vallejo incluem *Escalas melografiadas* (1923), *El tungsteno* (1931), *Paco Yunque* (1931), *Contra el secreto profesional* e *El arte y la revolución* (escritos de 1930 a 1932 e publicados juntos após sua morte).

CONSIDERAÇÕES SOBRE O AUTOR

"Na Europa, a primavera deste ano está crescendo sobre alguém, alguém inesquecível entre os mortos, nosso muito admirado, nosso amado César Vallejo. Por esses tempos,em Paris, ele vivia com a janela aberta, sua pensativa cabeça de pedra peruana recolhia o rumor da França, da Espanha, do mundo... Velho combatente da esperança, meu querido velho. É possível? O que faremos neste mundo para ser dignos da tua silenciosa obra duradoura, do teu interno crescimento essencial?

Nos últimos momentos, irmão, teu corpo e tua alma te pediam a terra americana, mas a fogueira da Espanha te retinha na França, onde ninguém foi mais estrangeiro. Porque eras o espectro americano — indoamericano, como preferias dizer —, um espectro da nossa martirizada América, um espectro maduro da liberdade e da paixão. Tinhas algo de mina, de cratera lunar, algo terrenamente profundo.

'Rendeu tributo às suas muitas fomes' — me escreveu Juan Larrea —. Muitas fomes, parece mentira... as muitas fomes, muita solidão, muitas léguas de viagem, pensando nos homens, na justiça sobre esta terra, na covardia de meia humanidade. O que da Espanha lhe roia a alma. Esta alma tão roída por teu próprio espírito, tão despojada, tão

ferida por tua própria necessidade ascética. A Espanha de Franco foi a perfuratriz da tua imensa virtude. Eras grande, Vallejo. Era interior e grande, como um grande palácio de pedra subterrânea, com muito silêncio mineral, com muita essência de tempo e espécie. E lá no fundo o fogo implacável do espírito, brasa e cinza... te saúdo, grande poeta, irmão."

Pablo Neruda

"Em Vallejo há um fundo de honestidade, de inocência, de tristeza, de rebeldia, de ruptura, de algo que poderíamos chamar solidão fraternal, e é neste fundo em que há de se buscar as raízes profundas, as que nem sempre claras motivações da sua influência"

Mario Benedetti

"Este é o espaço de total liberdade em que a obra de Vallejo se produz, um espaço que chega até nós descondicionado e aberto, muito além do implacável desgaste de tantas escrituras que lhe foram contemporâneas e da queda certa das ideologias e das épocas. Obra que, por sua própria natureza, resiste à fixação e à leitura ou comentário enclausurador e que (azar ou destino?) nos chega não fixada na sua materialidade textual."

José Ángel Valente

César Vallejo por
Pablo Picasso, 1938

› foi composto em *Scala* pela *Iluminuras* e terminou de ser
nas oficinas da *Meta Brasil Gráfica*, em Cotia, SP, sobre
vhite 80 gramas.

"Madame Reynaud diz então que não estou informado de que Vallejo morreu, e que inclusive já foi enterrado, ela assistiu o sepélio, bem triste, houve discursos. — Não — digo —, não sabia de nada. — Algo muito triste — confirma Blockman, ele também foi ao cemitério —, Aragon fez um discurso — Aragon? — murmuro. — Sim — disse madame Reynaud —. Monsieur Vallejo era poeta. — Não tinha ideia, você não me disse nada a esse respeito. — Pois é — afirma madame Reynaud —, era um poeta, ainda qu muito pouco conhecido, e miserável — acrescenta. — Ag se tornará famoso — diz monsieur Blockman, com sorriso de especialista e olhando o relógio"

Rober

(*Monsieur Pain*, romance de 1994, em que chileno homenageia Vallejo, personagen

Este liv
impresso
papel off